CASABLANCA

von ULRICH HOPPE

Originalausgabe

WILHELM HEYNE VERLAG
MÜNCHEN

HEYNE-BUCH Nr. 32/62
im Wilhelm Heyne Verlag, München

Elly und Karl im ›Casablanca‹-Jahr
Neunzehnhundertzweiundvierzig
gewidmet

2. Auflage

Copyright © 1983 by RTS Verlag, München,
und Wilhelm Heyne Verlag GmbH & Co. KG, München
Umschlagfoto: Stiftung Deutsche Kinemathek, Berlin
Rückseitenfoto: Dr. Konrad Karkosch, München
Innenfotos: Süddeutscher Verlag, Bilderdienst, München;
Stiftung Deutsche Kinemathek, Berlin; Dr. Konrad Karkosch,
München; Deutscher Fernsehdienst, München; Deutsche Presse-Agentur, München;
Institut für Filmkunde, Frankfurt/Main; Bildarchiv Lothar Just, München
Printed in Germany 1984
Satz: Fotosatz Völkl, Germering
Druck und Verarbeitung: Ebner Ulm

ISBN 3-453-86062-4

Inhalt

Vorspann

Casablanca

USA, 1942
Schwarzweiß
Dauer 102 Minuten (In der deutschen Synchronfassung von
1951 fehlen 24 Minuten und der gesamte politische Bezug; erst
die Synchron-Version von 1975, die das Deutsche Fernsehen
(ARD) in Auftrag gab, ist unverfälscht ...)
Produzent Hal B. Wallis
Produktionsfirma Jack L. Warner (Warner Brothers)
Verleih Warner Bros. Pictures Inc. – First National Picture
(Heute: United Artists)
Drehbuch Julius J. Epstein, Philip G. Epstein und Howard
Koch
Nach dem Bühnenstück »Everybody Comes to Rick's« von
Murray Burnett und Joan Alison
Regie Michael Curtiz
Regieassistent Lee Katz
Aufnahmeleiter Jerry Wald
Kamera Arthur Edeson
Dialogregisseur Hugh MacMullan
Schnitt Owen Marks
Bauten Carl Jules Weyl
Bühnenbild George James Hopkins
Make-up Perc Westmore
Kostümbildner Orry-Kelly
Montagen Don Siegel und James Leicester
Trickaufnahmen Lawrence Butler, Regisseur, und Willard
Van Enger, Kamera
Ton Francis J. Scheid
Musik Max Steiner (Instrumentierung von Hugo Friedhofer,
es spielt das Warner Symphony Orchestra unter der Leitung von
Leo F. Forbstein; Arrangeur der Songs im Café: Frank Perkins;
Pianist: Elliot Carpenter)
Songs »As Time Goes By«, »Shine«, »It Had to Be You«,

7

»Perfidia«, »That's What Noah Done«, »Muse's Call«, »Marseillaise«, »Die Wacht am Rhein«, »Knock on Wood«
Erzählerstimme Lou Marcelle
Die Darsteller und ihre Rollen Humphrey Bogart (Richard »Rick« Blaine), Ingrid Bergman (Ilsa Lund), Paul Henreid (Victor Laszlo), Claude Rains (Capitaine Louis Renault), Conrad Veidt (Major Heinrich Strasser), Sydney Greenstreet (Señor Ferrari), Peter Lorre (Ugarte), S. K. Sakall (Carl), Madeleine LeBeau (Yvonne), Dooley Wilson (Sam), Joy Page (Annina Brandel), Helmut Dantine (Jan Brandel), John Qualen (Berger), Leonid Kinskey (Sascha), Curt Bois (Taschendieb), Marcel Dalio (Croupier), Dan Seymour (Abdul), Corinna Mura (Sängerin)
In weiteren Rollen Ludwig Stossel, Ilka Gruning, Charles La Torre und Frank Puglia
Fachliche Beratung Major Robert Aisner vom War Department, Washington
Aufnahmeort Warner Studios alias First National Studios am Warner Boulevard Nr. 4000 in Burbank, Nord-Hollywood, Bühne 9 und Bühne 21
Drehzeit Erster Termin für den Drehbeginn: 10. April 1942, tatsächlicher Beginn: 25. Mai 1942. Insgesamt fünfzig Drehtage
Weltpremiere 26. November 1942, Warner's Hollywood Theater in Manhattan, New York
US-Start Februar 1943 (3,7 Millionen Dollar Kinokasse bis Ende 1943)
Oscars Michael Curtiz (best director), Julius J. Epstein, Philip G. Epstein und Howard Koch (best screenplay from nonoriginal sources), »Casablanca« (best film of 43), verliehen im März 1944 in Grauman's Chinese Theater, Hollywood Boulevard, Hollywood

I.
»Casablancas« schönste Stellen

Alle Slogans, Dialogfeuerwerke, Schmuse-sequenzen und geflügelten Worte – original und synchronisiert – zum genüßlichen Reinzie-hen daheim. Oder zum Auswendiglernen.

(Ein Muß für jeden Dauerschauer!)

Renault (bei der Begrüßung von Gestapomajor Strasser auf dem Flugplatz): You may find the climate of Casablanca a trifle warm, Major.
Strasser: Oh, we Germans must get used to all climates from Russia to the Sahara …

Renault: Das Klima in Casablanca wird Ihnen vielleicht etwas zu heiß sein, Herr Major.
Strasser: Wir Deutsche müssen uns an jedes Klima gewöhnen von Rußland bis zur Sahara …

10

Yvonne: Where were you last night?
Rick: That's so long ago I don't remember.
Yvonne: Will I see you tonight?
Rick: I never make plans that far ahead.

Yvonne: Wo warst du gestern nacht?
Rick: Das ist schon so lange her, das habe ich vergessen.
Yvonne: Sehen wir uns heute nacht?
Rick: Ich plane nie soweit im voraus.

Renault (über Ricks Vergangenheit): Did you abscond with the church funds? Did you run off with the Senator's wife? I'd like to think that you killed a man. It's the romantic in me.
Rick: It was a combination of all three.
Renault: And what in heaven's name brought you to Casablanca?
Rick: My health. I came to Casablanca for the waters.
Renault: What waters? We're in the desert.
Rick: I was misinformed.

Renault: Bist du mit den Kirchengeldern durchgebrannt? Oder mit der Frau eines Senators? Am schönsten fände ich es, du hättest einen gekillt, da spricht der Romantiker in mir.
Rick: Von allen dreien ein bißchen was.
Renault: Was hat dich nun wirklich nach Casablanca verschlagen?
Rick: Meine Gesundheit. Ich kam nach Casablanca wegen der Heilquellen.
Renault: Heilquellen? Was für Heilquellen? Wir sind hier in der Wüste.
Rick: Man hat mich falsch informiert.

Rick: I stick my neck out for nobody.
Rick: Ich halte für niemanden den Kopf hin.

(kommt zweimal vor …)

Renault: I'm only a poor corrupt official.
Renault: Ich bin nur ein armer korrupter Beamter.

Renault (zu Ricks Ober): Carl. See that Major Strasser gets a good table, one close to the ladies.
Carl: I have already given him the best; knowing he is German and would take it anyway.

Renault: Carl, ich wünsche, daß Major Strasser einen guten Tisch bekommt … in der Nähe der Damen.
Carl: Ich habe ihm bereits den besten gegeben. Ich weiß, er ist Deutscher, er hätte ihn sich sowieso genommen.

Strasser (bei seinem ersten Zusammentreffen mit Rick): What is your nationality?
Rick: I'm a drunkard.
Renault: And that makes Rick a citizen of the world.

Strasser: Welche Nationalität besitzen Sie?
Rick: Ich bin Säufer.
Renault: Und damit ist Rick Weltbürger.

13

Ilsa (als sich Capitaine Renault zu ihr und zu Victor Laszlo an den Tisch setzt): Captain, the boy who is playing the piano, somewhere I have seen him.
Renault: Sam?
Ilsa: Yes.
Renault: He came from Paris with Rick.
Ilsa: Rick? Who's he?
Renault: Mademoiselle, you are in Rick's and Rick is, er –
Ilsa: Is what?
Renault: Well, Mademoiselle, he's the kind of man that, well, if I were a woman, and I weren't around, I should be in love with Rick. But what a fool I am, talking to a beautiful woman about another man …

Ilsa: Capitaine, der Mann, der da Klavier spielt … den muß ich schon mal irgendwo gesehen haben.
Renault: Sam?
Ilsa: Ja.
Renault: Er kam aus Paris mit Rick.
Ilsa: Rick … wer ist Rick?
Renault: Mademoiselle, Sie sind hier bei Rick und Rick ist …
Ilsa: Ist was?
Renault: Mademoiselle, er ist der Typ Mann, in den – wenn ich eine Frau wäre – und Louis Renault nicht verfügbar … ich mich verlieben würde. Was bin ich doch für ein Narr! Da schwärme ich vor einer schönen Frau von einem anderen Mann …

14

Ilsa (in der entscheidenden Szene, in der übrigens das Zitat »Play it again, Sam« überhaupt nicht vorkommt ...): Hello, Sam.

Sam: Hello, Miss Ilsa. Ah never expected to see you again.

Ilsa: It's been a long time.

Sam: Yes, ma'am. A lot o' water under the bridge.

Ilsa: Some of the old songs, Sam.

Sam: Yes, ma'am.

Ilsa: Where is Rick?

Sam: Ah don't know. A ain't seen him all night.

Ilsa: When will he be back?

Sam: Not tonight no more. He ain't comin'. Er, he went home.

Ilsa: Does he always leave so early?

Sam: Oh he never – well, he's got a girl up at the Blue Parrot. Goes up there all the time.

Ilsa: You used to be a much better liar, Sam.

Sam: Leave him alone, Miss Ilsa. You're bad luck to him.

Ilsa: Play it once, Sam, for old time's sake.

Sam: Ah don't know what you mean, Miss Ilsa.

Ilsa: Play it, Sam. Play »As Time Goes By«.

Sam: Oh, Ah can't remember it, Miss Ilsa. Ah'm a little rusty on it.

Ilsa: I'll hum it for you. hm-hm, hm-hm, hm-hmmmm – sing it, Sam.

Sam: You must remember this/ A kiss is just a kiss/ The fundamental things apply/ As time goes by./ And when two lovers woo/ They still say 'I love you' – Rick taucht im Café auf, stürmt auf Sam zu – On that you can rely/ No matter what the future brings/ As time goes by …

Rick: Sam, I thought I told you never to play it!

(Sam deutet mit dem Kopf auf Ilsa …)

Ilsa: Hallo, Sam!

Sam: Hallo, Miss Ilsa! … Ich habe nicht geglaubt, Sie je wiederzusehen!

Ilsa: Es ist lange her, Sam.

Sam: Ja, Ma'am … Und es ist viel inzwischen passiert.

Ilsa: Spiel ein paar von den alten Liedern, Sam.

Sam: Ja, Ma'am.

Ilsa: Wo ist Rick?

Sam: Ich weiß nicht … Ich habe ihn den ganzen Abend nicht gesehen.

Ilsa: Wissen Sie, wann er zurückkommt?

Sam: Heute abend nicht mehr … bestimmt nicht. Er ist nach Hause gefahren.

Ilsa: Geht er immer so früh nach Hause?

Sam: Nein, nie Ma'am. Er, äh, hat ein Mädchen im »Blauen Papagei« … da geht er immer hin, wissen Sie.

Ilsa: Früher haben Sie viel besser gelogen, Sam.

Sam: Lassen Sie ihn bitte in Ruhe, Miss Ilsa … Sie bringen ihm Unglück.

Ilsa: Spiel es einmal, Sam … Zur Erinnerung an damals.

Sam: Ich weiß nicht, was Sie meinen, Miss Ilsa.

Ilsa: Spiel es, Sam … Spiel »As Time Goes By« …

Sam: Das kann ich gar nicht mehr, Miss Ilsa … Schon ein bißchen eingerostet.

Ilsa: Ich summe es dir vor. (summt) Sing es, Sam! (Während Sam es singt, kommt Rick auf ihn zu)

16

Rick: Ich hab' dir doch gesagt, du sollst das nie wieder spielen. (Sam deutet auf Ilsa hin, Ilsa in Weichzeichner-Großaufnahme ...)

Rick (während er Whisky trinkend auf Ilsa wartet, zu Sam): If it's December 1941 in Casablanca, what time is it in New York?
Sam: What? My watch stopped.

Rick: I bet they're asleep in New York. I bet they're asleep all over America. (schlägt mit der Faust auf den Tisch) ... Of all the gin joints in all the towns all over the world, she walks into mine (schlägt sich an die Stirn) ... What's that you're playing?
Sam: Oh, just a little somethin' of my own.
Rick: Well, stop it. You know what I want to hear.
Sam: No, I don't.
Rick: You played it for her. You can play it for me.
Sam: Well, I don't think I can remember it.
Rick: If she can stand it I can. Play it!
Sam: Yes, boss ...

Rick: Wenn es in Casablanca Dezember 1941 ist, wie spät ist es dann in New York?
Sam: Was? ... Meine Uhr ist stehen geblieben.
Rick: Ich wette, in New York schlafen sie jetzt ... Ich wette, sie schlafen jetzt in ganz Amerika.
Rick: Nicht zu fassen, von allen Kaschemmen der ganzen Welt ... kommt sie ... ausgerechnet in meine ... Was spielst du da?
Sam: Nichts Besonderes, es ist von mir.

18

Rick: Laß es! Du weißt genau, was ich hören will.

Sam: Nein. Weiß ich nicht.

Rick: Du hast es für sie gespielt, dann kannst du es auch für mich spielen.

Sam: Mir fällt die Melodie nicht mehr ein.

Rick: Wenn sie es ertragen kann, kann ich es auch ... Spiel!

Sam: Ja, Boss.

Rick (in der Rückblende auf seine glückliche Zeit mit Ilsa in Paris, eine Champagnerflasche entkorkend): Who are you, really? And what were you before? What did you do and what did you think? Huh?

Ilsa: We said »no questions«.

Rick: Here's looking at you, kid. (Dieses Zitat der Zärtlichkeit taucht insgesamt viermal auf)

Rick: Wer bist du wirklich? Und was warst du vorher? ... Was hast du getan, und was hast du gedacht, he?

Ilsa: Wir haben doch ausgemacht, keine Fragen.

Rick: Ich seh' dir in die Augen, Kleines.

Ilsa (während draußen auf der Straße die Gestapolautsprecher dröhnen): With the whole world crumbling we pick this time to fall in love.

Rick: Yeah, it's pretty bad timing. Where were you, say, ten years ago?

Ilsa: Ten years ago? Let's see. Yes. I was having a brace put on my teeth. Where were you?

Rick: Looking for a job. (küßt sie, dann ...)

Ilsa: Was that cannon fire? Or was it my heart pounding?

Rick: It's the new German 77. But if judging by the sound, only about 35 miles away. And getting closer every minute ... (Weiter geht's in derselben Szene) *Ilsa:* Oh, it's strange. I know so very little about you.

Rick: I know very little about you. Just the fact that you had your teeth straightened.

Ilsa: But be serious, darling. You are in danger. You must leave Paris.

Rick: No, no, no. We must leave ...

Ilsa: Yes, of course. We ...

Rick: Well, the train for Marseilles leaves at five o'clock. I'll pick you up at your hotel at fourthirty.

20

Ilsa: No, no, not my hotel. I, I have things to do in the city before I leave. I'll meet you at the station.

Rick: All right. At a quarter to five. Say, why don't we get married in Marseilles?

Ilsa: Well, I – that's a little too far ahead to plan – (verbirgt ihr Gesicht, heimlich weinend)

Rick: Yes, I guess it is a little too far ahead. Well, let's see. Er, what about the engineer? Why can't he marry us on the train?

Ilsa: Oh, darling …

Rick: Well, why not? The captain on a ship can. It doesn't seem fair that … Hey? Hey, what's wrong, kid?

Ilsa: I love you so much. And I hate this war so much. Oh, it's a crazy world. Anything can happen. If you shouldn't get away, I mean, if, if something should happen to keep us apart … Wherever they put you and wherever I'll be, I want you to know that I … Kiss me! Kiss me as though it were the last time (Sie küssen sich, und sie schlägt heimlich mit der Faust auf den Tisch, das Champagnerglas umwerfend)!

Ilsa: Ausgerechnet jetzt, wo die ganze Welt zusammenbricht, müssen wir uns ineinander verlieben!

Rick: Ja, ein ziemlich schlechter Zeitpunkt. Wo warst du, sagen wir mal, vor zehn Jahren?

Ilsa: Vor zehn Jahren? Zu Hause … da bekam ich eine Spange für meine Zähne.

Ilsa: Wo warst du?

Rick: Ich habe Arbeit gesucht …

Ilsa: War das Artilleriefeuer, oder klopft mein Herz so laut?

Rick: Das ist die neue deutsche 8,8. Nach dem Kanonendonner zu urteilen, sind sie noch etwa fünfunddreißig Meilen entfernt. Und sie kommen jede Minute näher …

(Weiter in derselben Szene) *Ilsa:* Es ist seltsam … Ich weiß so wenig von dir.

Rick: Ich weiß auch nicht viel von dir … nur, daß deine Zähne mal gerichtet wurden.

Ilsa: Bitte, sei endlich mal ernst. Du bist in Gefahr, du mußt Paris verlassen.

Rick: Nein, nein, nein, *wir* müssen es verlassen.

Ilsa: Ja. Natürlich wir!

Rick: Paß auf, der Zug nach Marseilles geht um fünf Uhr, ich hole dich um halb fünf im Hotel ab.

21

Ilsa: Nein, nein, nicht in meinem Hotel ... Ich hab, äh, noch einiges in der Stadt zu erledigen, bevor ich fahre ... Wir treffen uns am Bahnhof, ja?

Rick: Ist gut. Dreiviertel fünf. Sag mal, warum heiraten wir nicht in Marseilles?

Ilsa: Ein bißchen zu weit vorausgeplant.

Rick: Ja, Du hast recht, ein bißchen zu weit, stimmt ... Ich habe eine Idee, wie wäre es mit dem Lokführer, der könnte uns doch schon im Zug trauen.

Ilsa: Oh, Richard!

Rick: Warum denn nicht? Der Captain eines Schiffes kann es doch auch. Warum der nicht ... Hey, was hast du denn, Kleines?

Ilsa: Ich liebe dich so sehr, und ich hasse diesen furchtbaren Krieg. Ach, diese verrückte Welt. Was kann noch alles passieren? Wenn du hier nicht wegkommst ... ich meine ... wenn wir irgendwie getrennt werden ... Wohin sie dich auch bringen und, äh ... ganz gleich, wo ich sein werde, ich möchte, daß du weißt, wie sehr ... Du ... küß mich ... küß mich, als wäre es das letzte Mal!

Rick (während Ilsa ihren Revolver auf ihn richtet, um ihn zu zwingen, daß er ihr die beiden Transitbriefe aushändigt): All right, I'll make it easier for you. Go ahead and shoot. You'll be doing me a favor.

Ilsa: Richard, I tried to stay away. I thought I would never see you again. That you were out of my life. The day you left Paris, if you knew what I went through. If you knew how much I loved you, how much I still love you (und sie küssen sich) ...

Rick: Gut. Ich werde es dir leichter machen ... Na los. Schieß schon. Du tust mir sogar einen Gefallen!

Ilsa: Richard ... ich habe versucht, dir fern zu bleiben. Ich habe gehofft, daß ich dich nie wieder sehe ... daß du verschwunden bist aus meinem Leben. An dem Tag, als du Paris verlassen hast, da ... wenn du wüßtest, was ich durchgemacht habe. Wenn du wüßtest, wie sehr ich dich geliebt habe ... wie sehr ich dich noch immer liebe!

23

Rick (nachdem ihm Ilsa erklärt hat, warum sie damals in Paris nicht zum Bahnhof gekommen war): But it's still a story without an ending. What about now?

Ilsa: Now? I dont't know. I know that I'll never have the strength to leave you again.

Rick: And Laszlo?

Ilsa: You'll help him now, Richard, won't you? You'll see that he gets out? And then he'll have his work. All that he's been living for.

Rick: All except one. He won't have you.

Ilsa: I can't fight anymore. I ran away from you once, can't do it again. Oh, I don't know what's right any longer ... You'll have to think for both of us, for all of us.

Rick: All right, I will (dann ...) Here's looking at you, kid.

Ilsa: I wish I didn't love you so much.

Rick: Aber es ist noch immer eine Geschichte ohne Schluß ... Wie geht es jetzt weiter?

Ilsa: Jetzt? Ich weiß es nicht ... Ich weiß nur, daß ich nicht noch einmal die Kraft haben werde, dich zu verlassen.

Rick: Und Laszlo?

Ilsa: Du wirst ihm helfen, Richard, nicht wahr? Du sorgst dafür, daß er rauskommt? Dann hat er wieder seine Arbeit, für die er doch im Grunde lebt!

Rick: Alles, bis auf eins ... Er hat dich nicht mehr!

Ilsa: Ich kann nicht mehr dagegen ankämpfen. Ich bin einmal von dir weggelaufen, noch mal schaffe ich es nicht! Ach, ich weiß nicht mehr, was falsch und was richtig ist ... Du wirst für uns beide denken müssen, für uns alle ...

Rick: Ist gut. Das werde ich (dann ...) Ich seh' dir in die Augen, Kleines.

Ilsa: Ich wünschte, ich würde dich nicht so sehr lieben.

Rick (mit Victor Laszlo unter vier Augen): Don't you sometimes wonder if it's worth all this? I mean what you're fighting for.
Laszlo: We might as well question why we breathe. If we stop breathing, we'll die. If we stop fighting our enemies, the world will die.
Rick: What of it? Then it'll be out of its misery.
Laszlo: Do you know how you sound, Monsieur Blaine? Like a man who's trying to convince himself of something he doesn't believe in his heart.

Rick: Fragen Sie sich nicht manchmal, ob es das alles wert ist? ... Ich meine das, wofür Sie kämpfen?
Laszlo: Dann könnten wir uns auch fragen, warum wir atmen. Wenn wir aufhören zu atmen, sterben wir. Wenn wir aufhören, unsere Feinde zu bekämpfen, stirbt die Welt.
Rick: Na, wenn schon ... Dann ist sie aus allem Elend raus.
Laszlo: Das hört sich an, Monsieur Blaine ... als ob Sie sich etwas einreden wollen, woran Sie im Grunde Ihres Herzens selbst nicht glauben.

Renault (als ihm Rick im Büro den Plan unterbreitet, Laszlo eine Falle zu stellen, damit er mit Ilsa ungestört Casablanca verlassen kann): There's still something about the business I don't quite understand. Miss Lund, she's very beautiful, yes, but you were never interested in any woman.
Rick: Well, she isn't just any woman. ·
Renault: I see. How do I know you'll keep your end of the bargain?
Rick: I'll make the arrangements right now with Laszlo, in the visitor's pen.
Renault: Ricky, I'm gonna miss you. Apparently you're the only one in Casablanca who has even less scruples than I.
Rick: Oh, thanks.
Renault: Go ahead, Rick.

Renault: Tja, eines verstehe ich an der ganzen Sache trotzdem nicht. Miss Lund ist zweifellos sehr hübsch. Aber so interessiert warst du noch nie an irgendeiner Frau.
Rick: Sie ist nicht irgendeine Frau.

27

Renault: Ich verstehe. Woher weiß ich, daß du unsere Abmachung einhältst?

Rick: Ich gehe jetzt rüber zu Laszlo in die Besucherzelle und werde alles arrangieren.

Renault: Ricky, ich werde dich vermissen ... Du bist, glaube ich, der Einzige in Casablanca, der noch weniger Skrupel hat als ich.

Rick: Vielen Dank.

Renault: Dann los, Rick!

Rick (die Schußwaffe auf Renault gerichtet, während er ihn antreibt, den Flugplatz anzurufen, damit es mit den Transitbriefen klargeht): And remember, this gun is pointed right at your heart!

Renault: That is my least vulnerable spot.

Rick: Und vergiß nicht, die Pistole ist genau auf dein Herz gerichtet.

Renault: Das ist die Stelle, an der ich am wenigsten verwundbar bin.

Ilsa (als sie von Rick erfährt, daß sie nun plötzlich doch mit Victor davonfliegen soll): No, Richard, no! What has happended to you? Last night we said …

Rick: Last night we said a great many things. You said I was to do the thinking for both of us. Well, I've done a lot of it since then and it all adds up to one thing. You're getting on that plane with Victor where you belong.

Ilsa: But Richard, no, I, I …

Rick: Now you've got to listen to me. Do you have any idea what you'd have to look forward to if you stayed here? Nine chances out of ten we'd both wind up in an concentration camp. (Zu Renault gewandt) Isn't that true, Louis?

Renault: I'm afraid Major Strasser would insist.

Ilsa: You're saying this only to make me go.

Rick: I'm saying it because it's true. Inside of us we both know you belong with Victor. You're part of his work. The thing that keeps him going. If that plane leaves the ground and you're not with him, you'll regret it.

Ilsa: No.

Rick: Maybe not today, maybe not tomorrow, but soon, and for the rest of your life.

Ilsa: What about us?

Rick: We'll always have Paris. We didn't have it, we'd lost it until you came to Casablanca. We got it back last night.

Ilsa: And I said I would never leave you.

Rick: And you never will. But I've got a job to do, too. Where I'm going you can't follow. What I've got to do, you can't be any part of. Ilsa, I'm no good at being noble, but it doesn't take much to see that the problems of three little people don't amount to a hill o' beans in this crazy world. Someday you'll understand that. (Dann …) Now, now. Here's looking at you, kid.

Ilsa: Nein, Richard, nein. Was ist mit dir? Gestern abend hast du gesagt …

Rick: Gestern abend haben wir eine ganze Menge gesagt. Du hast gesagt, ich muß für uns beide denken. Das habe ich getan und bin zu dem Schluß gekommen, daß du in das Flugzeug steigst, mit Victor, denn du gehörst zu ihm.

Ilsa: Nein, Richard, nein. Ich will …

Rick: Jetzt sei mal ruhig und höre mir bitte zu! Hast du eine Ahnung, was dir bevorsteht, wenn du hierbleibst? Neun zu zehn, daß wir beide in einem Konzentrationslager enden, hab' ich recht, Louis?

Renault: Ich fürchte, Major Strasser würde darauf bestehen!

Ilsa: Das sagst du nur, damit ich gehe.

Rick: Nein, ich sage es, weil es wahr ist. Im Grunde wissen wir beide genau, daß du zu Victor gehörst ... Du bist ein Teil seiner Arbeit, ein Teil dessen, was ihn weiterkämpfen läßt. Wenn du jetzt nicht mit ihm gehst, wirst du es später bereuen!

Ilsa: Nein.

Rick: Vielleicht nicht heute, vielleicht auch nicht morgen, aber bald und dann für den Rest deines Lebens.

Ilsa: Und was wird aus uns?

Rick: Uns bleibt die Erinnerung an Paris! Wir hatten sie schon verloren, bis zu dem Moment, als du nach Casablanca kamst. Letzte Nacht haben wir sie zurückgewonnen.

Ilsa: Da habe ich dir gesagt, ich würde dich nie wieder verlassen.

Rick: Das wirst du auch nicht. Ich will hier nicht die Rolle des Edlen spielen, aber es ist doch nicht zu übersehen, daß die Probleme dreier Menschen in dieser verrückten Welt völlig unwichtig sind (wörtlich: nicht größer als ein Berg Bohnen). Eines Tages wirst du das verstehen. (Dann ...) Ich seh' dir in die Augen, Kleines.

Renault (im großen Flugplatzfinale, während die Maschine abhebt): Major Strasser's been shot. Round up the usual suspects.
Gendarme: Oui, mon Capitaine.
Renault (sich Vichy-Wasser einschenkend): Well, Rick, you're not only a sentimentalist, but you've become a patriot.
Rick: Maybe, but it seemed like a good time to start.
Renault: I think perhaps you're right (sieht das Etikett auf der Flasche, schmeißt sie in den Papierkorb – Renault und Rick beobachten das Flugzeug, wie es im Nebel verschwindet).
Renault: It might be a good idea for you to disappear from Casablanca for a while. There's a Free French garrison over at Brazzaville. I could be induced to arrange your passage.
Rick: My letter of transit? I could use a trip, but it doesn't make any difference about our bet. You still owe me ten thousand francs.
Renault: And that ten thousand francs should pay our expenses. (Sie gehen in den Nebel hinein, die Kamera fährt nach oben)
Rick: Our expenses?
Renault: Uh-huh.
Rick: Louis, I think this is the beginning of a beautiful friendship.

Renault: Major Strasser ist erschossen worden. Verhaften Sie die üblichen Verdächtigen!
Gendarme: Oui, mon Capitaine.
Renault (kurz darauf): Tja, Rick ... Du bist nicht nur sentimental. Du bist auch ein Patriot geworden.
Rick: Es war ja auch eine gute Möglichkeit, damit anzufangen.
Renault: Ich glaube, du hast recht, Rick ...
Renault: Es wäre eine gute Idee für dich, für eine Weile aus Casablanca zu verschwinden ... Es gibt eine freie französische

Garnison in Brazzaville. Vielleicht lasse ich mich herab, dir das zu arrangieren.

Rick: Mit meinen Transitgenehmigungen?

Renault: Hm.

Rick: Ich könnte eine Luftveränderung gebrauchen ... Aber das ändert nichts an unserer Wette. Du schuldest mir noch zehntausend Francs.

Renault: Und diese zehntausend Francs könnten unsere Reisespesen decken.

Rick: Unsere Spesen?

Renault: Hm.

Rick: Louis, ich glaube, das ist der Beginn einer wunderbaren Freundschaft.

II.
As Time Goes By

AM ANFANG ist das Lied.

>»You must remember this;
> A kiss is just a kiss ...«

1931, elf Jahre vor »Casablanca«, schreibt Herman Hupfeld einen Song, den niemand hören will – »As Time Goes By«. Ein Jahr später singt ihn in der Revue »Everybody's Welcome« der Entertainer Frances Williams am Broadway. Der Titel erscheint auf Schellack, fällt durch.

>»... A sigh is just a sigh
> The fundamental things apply
> As time goes by ...«

1934 handelt sich der Collegestudent Murray Burnett im Wohnheim der New Yorker Cornell University handfesten Ärger mit seinen Kommilitonen ein. Tag und Nacht dudelt er mit voller Lautstärke auf seinem Plattenspieler sein Lieblingslied »As Time Goes By«. Die Zimmernachbarn brechen seine Tür auf, toben, er solle diesen sentimental »junk« ausdrehen, es gibt eine Prügelei, die Platte geht zu Bruch. Aber Murray, der die Broadway-Show nie gesehen hat, ist so verschossen in die Melodie und in den Text, daß er sich rasch mit einem neuen Exemplar versorgt.

>»... And when two lovers woo;
> They still say 'I love you'
> On that you can rely,
> No matter what the future brings
> As time goes by.«

»As Time Goes By«-Enthusiast Murray Burnett – kurzes, dunkles Brillantinehaar, korrekter Scheitel links von der hohen Stirn bis zum Hinterkopf, ein junger Mann, der einen einfühlsamen Bankangestellten in der Kreditabteilung abgeben könnte, seine ausgeprägte Nase signalisiert ausdauerndes Durchsetzungsver-

Rick und Sam (Dooley Wilson).

mögen, sein breiter Mund lacht gern – macht 1936 sein Examen mit imposanten Noten. Er wird Berufsschullehrer an der Central Commercial High School in New York City.

In seiner finanziell abgesicherten Freizeit träumt er den Traum, ein Theaterstück zu schreiben, das den Broadway erobert.

1937, nur noch fünf Jahre bis »Casablanca«, brütet er über einer Komödie, der er den Titel »An Apple for the Teacher« gibt. Viele andere Stoffe hat er bisher begonnen und immer wieder verworfen, wenn die ersten Schwierigkeiten im Storyablauf auftauchten. Endlich hat er zu sich gefunden, zu dem Milieu, in dem er zu Hause ist, zu einem Helden, den er leibhaftig im Griff hat. Sein Erstling dreht sich um einen frischgebackenen Berufsschullehrer. Schauplatz: eine High School. Der Apfel im Titel ist biblisch gemeint. Evas Apfel. Eine Schülerin verliebt sich in ihren Lehrer und bekehrt ihn zum fröhlichen Sündenfall …

Aber irgendwie kommt er nicht weiter, nicht zu Ende. Etwas

fehlt ihm, was ihm genaugenommen von seinem ersten Schreibversuch an gefehlt hat. Zuckerbrot und Peitsche. Unterstützung. Dampf.

Er macht das Richtige.

Bevor ihm die Decke auf den Kopf fällt, springt er in sein Automobil, übrigens ein unsagbarer Luxus für damals, und fährt ins Blaue. Während der Sommerferien düst er sogar jeden Tag hinaus nach Long Island, in den exclusiven Atlantic Beach Club. Murray fühlt sich als kommender Theatercrack, und die Atmosphäre im mondänen Atlantic animiert ihn.

Er liegt in der Sonne, nippt am Cocktail und feilt an seinem frivolen Berufsschullehrerhelden herum.

Die Launen des Schicksals. Hätte damals Murray Burnett kein Auto besessen und wäre er nicht pausenlos in den Atlantic Beach Club kutschiert – unsere Welt würde um kostbare 102 Minuten ärmer und leerer sein.

Es gäbe kein »Casablanca«!

In dem Snobiety-Hangout nämlich, in dem ein Lehrer der Central Commercial High School nichts zu suchen hat, trifft er auf Joan Alison, die sich in all ihren Eskapaden auch mal nach etwas Sinnvollerem sehnt. Eine femme fatale. Attraktiv, exzentrisch, todchic, launisch, mit einem ohrenbetäubenden Schuß Verrücktheit und Imagination. Der Typ Muse, von deren Kuß Autoren vor nacktem weißen Schreibmaschinenpapier träumen.

Auch sie: theatercrazy.

Joan, Junggesellin, brünett und mit Vergangenheit, gehört zur vornehmsten Gesellschaft, verkehrt in den Künstlerbezirken der Arrivierten, bewohnt ein teures Appartement auf der West 54th Street in Manhattan.

Er erzählt ihr von seinem Theaterstück mit dem Apfel. Sie ist ganz weg, verspricht, ihm zu helfen, denn einer ihrer langjährigen engsten Freunde sei der bekannte Broadway-Produzent Delos Chappell. Ihm werde sie sein Script unter die Nase reiben.

Jäh steht der städtische Angestellte mit dem Thornton-Wilder-Tick unter Druck. In zwei Nächten beendet er die Komödie. Dann ist Joan mit dem Ding verschwunden.

Sie ruft ihn an: »Stell dir vor, Chappell ist von deinem Stück begeistert!«

36

Joan Alison und Murray Burnett.

Tatsächlich. Delos Chappell will den »Apfel« am Broadway herausbringen. Er erwirbt eine Option. Aber er macht eine kleine Einschränkung. Der Sache fehlte der letzte professionelle

Schliff. Keine Sorge, meint Mr. Chappell, seine Hausautoren würden das kleine bißchen schon hinkriegen.

Sie kriegen es nicht hin. Viele Köche verderben den »Apfel«-Brei, es gibt Meinungsverschiedenheiten. Nicht umsonst signalisiert Murray Burnett's Nase ein ausdauerndes Durchsetzungsvermögen. Was seinen Lehrer anbelangt, duldet er keine Kompromisse.

Daraufhin verzichtet der große Broadway-Producer auf seine Option. C'est la vie on Broadway.

Die erste Pleite hat was Feines. Sie schmiedet Joan und Murray zusammen. Während sie an seinem »Fallobst« herumgedoktort und einige Szenen neu gestaltet haben, merkten sie, wie gut sie beim Schreiben harmonieren. Er sitzt an der Schreibmaschine, sie marschiert aufgeregt durchs Zimmer, und aus dem Handgelenk werfen sie sich druckreife Dialoge zu, eine Pointe auf die andere aufbauend.

Sie beschließen, ab sofort im Team zu arbeiten. Ein Autorengespann wie es sein muß. Joan ist die Sprunghafte, er der abwägende Part, sie bringt das Rahmensprengende, er sagt: »Nein, zu verrückt!« und packt jeden spontanen Gag auf ein solides Fundament.

In der Tat, ein Traumpaar an der Schreibmaschine, wie sich bald und bis in alle Ewigkeit erweisen wird ...

Auf der Suche nach dem zündenden Broadway-Thema lassen sich Joan & Murray Zeit. Eine private Veränderung im Hause Murray Burnett sorgt für eine weitere Verzögerung.

Der Twen von der Central Commercial High School heiratet. Nein, nicht seine Fantasiegefährtin Joan. Sicher tut er gut daran, sie sich für seine außerhalb seiner Realität befindlichen Pipedreams zu reservieren. Joan ist keine Frau für den Alltag, zumindest nicht für seinen Alltag.

Murray ehelicht eine gute Freundin aus alten Collegetagen, die zum Glück an seinem Doppelleben keinen Anstoß nimmt.

Tagsüber ist er der Teacher, nach Feierabend der glückliche Ehemann, aber ein paarmal in der Woche, in Joans Luxusappartement mit Panoramablick über Manhattan, steigert er sich in die Rolle hinein, ein aufsteigender Bühnenpoet an der Seite einer extravaganten Co-Poetin zu sein.

Ein ungewöhnliches Dreiecksverhältnis ist das schon, fast das Exposé einer pikanten Boulevardkomödie.

Schrecklich ist nur: Murray, seine Gattin und auch Joan werden in späteren Interviews mit keiner einzigen Silbe darauf eingehen. Nicht mal andeutungsweise. Hier, wo die Facts versagen, hilft allein die Fantasie …

1938. Vier Jahre vor »Casablanca«. Hitler wirft in Europa seine Schatten voraus. Am 11. März proklamiert er Österreichs Anschluß an das Großdeutsche Reich, dem er eintausend Jahre gibt. Die Ära der Vertreiber und der Vertriebenen beginnt.

Als im Juni die Sommerferien beginnen, kratzt Murray alles Geld zusammen, und die Burnetts packen Hals über Kopf ihre Koffer für Europa. Seine junge Frau hat Verwandte in Wien, ihr Stiefvater lebt in Belgien, in Antwerpen. Beunruhigt durch die News, möchte sie unbedingt sehen, wie es ihnen geht, von denen sie kein Lebenszeichen mehr bekommen hat.

Der New Yorker Berufsschullehrer mit der Broadway-Sehnsucht wird mit dem Aufkeimen des Zweiten Weltkrieges konfrontiert, nicht politisch-theoretisch, sondern mitten unter den Menschen auf der Straße, in der Kneipe oder in der guten Stube. Noch verhalten sich England und Frankreich abwartend, geben sich alle Mühe, diesen Hitler zu ignorieren, und dieses Verhalten der Offiziellen findet Murray Burnett auch im Kleinen vor, bei seinem Schwiegervater in Antwerpen, der das ganze Trara nicht sonderlich tragisch nimmt und sich eigentlich nur Sorgen um die Verwandten in Wien macht.

Die Burnetts ändern ihre Reisepläne, um in Österreich nach dem Rechten zu schauen. Was sie dort vorfinden, übersteigt ihre schlimmsten Befürchtungen.

Es ist etwas im Gange, vor dem man nicht länger die Augen verschließen kann. Die Nazis sind nicht zu übersehen, ebensowenig das Heer der »Untermenschen«, der »Entarteten«, der »Nicht-Arier«, der ab sofort »Staatenlosen«. Via seiner angeheirateten Verwandtschaft trifft Murray mit ihnen zusammen, mit Juden, Kirchenleuten, Intellektuellen, Künstlern. Alles spricht vom Emigrieren, das nur wenigen vergönnt sein wird, das in letzter Konsequenz eine Geldfrage ist.

Murray hört von einzelnen Emigrantenschicksalen, von der heimlichen Route der Flüchtlinge, die sich durch Europa zieht, über die Alpen nach Frankreich, von Marseilles nach Marokko, von Marokko nach Lissabon und von dort in die Freiheit der Ersehnten Staaten von Amerika …

Das Paar aus den USA kann seinen Verwandten in der Donaumetropole wenig helfen. Aber allein daß sie die weite Reise nicht gescheut haben und sofort gekommen sind, gibt denen Kraft, die zurückbleiben müssen, als Murray und seine Frau ihren Trip fortsetzen.

Sie reisen nach Südfrankreich, an die Côte d'Azur, zu ihrer letzten Station vor ihrer Rückkehr nach New York. Sie sehnen sich nach ein wenig Erholung und Zerstreuung.

Und so kommen sie ins »La Belle Aurore«, einen Nightclub in einem winzigen Vorort von Nizza, direkt in den Klippen, mit Blick über das Mittelmeer.

Ein Landsmann hat ihnen den »Geheimtip« empfohlen. Die Attraktion sei dort ein schwarzer Pianist und Sänger aus Chicago. Blues abroad.

Eine schicksalshafte Milieustudie.

Der Jazzsinger intoniert »As Time Goes By«, Murrays Lieblingslied aus seiner Collegezeit, von dem er immer gedacht hat, er und seine Frau allein würden die einzigen auf der Welt sein, die seit vielen Jahren diesen Song lieben. Leise singen sie den Text mit, jeder für sich, und eine Zeile erhält plötzlich für Murray eine überraschende, beklemmende Bedeutung – »No matter what the future brings …«

Fasziniert betrachtet er die absurde Szenerie des »La Belle Aurore« mit den Augen des Theatermannes.

»Weißt du, was das hier ist, Liebling?« fragt er, und er gibt selbst sofort die Antwort. »Das hier ist ein Schauspiel – *der* Schauplatz – *das* Theaterstück!«

In dem Lokal ist alles wie immer. Die Gäste, quer durch alle Sprachen und Akzente, trinken, lachen, amüsieren sich, und keiner von ihnen scheint wahrhaben zu wollen, daß sie in Wirklichkeit allesamt am Abgrund sitzen. Während ganz Europa um sie herum jeden Augenblick von den Nazis überrollt werden wird, hören sie einem Schwarzen aus Amerika zu – wie wird der wohl, so fragt sich Murray, von Chicago in dieses Nest an der Mittelmeerküste gekommen sein? –, der ihnen mit rauchiger Stimme klarmacht, daß ein Kuß ein Kuß ist, und bleibt, egal, was auch immer geschieht …

Murray Burnett ist unmittelbar dran an dem Stoff, dem er besessen nachjagt. Aber wie das so läuft. Kaum zurück in New York verliert er den Faden. Er erzählt Joan sämtliche Details.

Sie sieht es wie er, ein Stück über die drohende Gefahr, über die Nazis ist das Gebot der Stunde. Sie überlegen hin und her, in welcher Form das hochbrisante Thema abzuhandeln sei. Als Spionagethriller, einigen sich Joan & Murray schließlich. So können sie einerseits das Hitler-Deutschland im Rampenlicht einer Broadway-Bühne verurteilen und verdammen, und andererseits auch das Publikum in Spannung halten und unterhalten.

Im Nu konstruieren sie die Story, drei Monate später haben sie ihr Play fertig.

Titel – »A Million to One«.

Es geht um eine Million Dollar, die ein deutsch-amerikanischer Geheimbund aufgetrieben hat, um Adolf Hitler zu unterstützen. Ein weiblicher Kurier, der das Geld nach Berlin bringen soll, wird von der Gegenseite heimlich abgefangen, getötet und durch eine attraktive, heroische Doppelgängerin ersetzt. Und es beginnt ein verzweifelter Wettlauf der westlichen Spionagedienste, damit die US-Million ja nicht den Nazis in die Hände fällt.

Ein dubioser Reißer. Aber diese all-amerikanische Mischung muß sein, wenn man am Broadway heiße Eisen anpackt: viel Action, etwas Sex, knallharte NSDAP-Enthüllungen, Human Touch und Suspense.

Murray Burnetts Reiseerfahrungen als Spy-Thriller.

Diesmal weiß er, welchem Broadway-Regisseur sie das Script anbieten müssen. An der Donau hat er viel über ihn gehört: Otto Preminger, 33 Jahre jung, ist Immigrant aus Wien, verschworener Anti-Nazi, der weiß, um was es geht, ein Schüler und Assistent von Max Reinhardt, ehemals Direktor vom »Theater an der Josefstadt«, bis er 1935 nach New York ausgewandert ist ...

Otto Preminger ist von »A Million to One« begeistert!

Er erwirbt sofort eine Option, besteht jedoch darauf, daß Miss Alison und Mr. Burnett seine Änderungswünsche berücksichtigen und ihr Bühnenstück noch einmal überarbeiten.

Es ist 1939. Drei Jahre vor »Casablanca«.

Während der nicht enden wollenden Story-Konferenzen, mit denen das Autorengespann traktiert wird, schwindet der anfängliche Enthusiasmus der beiden. Je mehr Joan & Murray gezwungen sind, mit ihrem Stück ins Detail zu gehen, dies oder das zu verdichten, desto weniger scheint sie ihr Werk noch zu interessieren, und sie schweifen ab, schwärmen dem Produzenten und Regisseur vor, daß sie an einem neuen Play arbeiten würden, einem Drama über Liebe und Flüchtlinge – in der Szenerie einer kleinen Bar irgendwo in Europa.

Nach dem Spionagestück, das vielleicht doch etwas zu flach und zu seicht ist, hat Murray mit seiner Fabulierpartnerin nämlich den Dreh gefunden, wie er diesen magisch-hypnotischen Schauplatz handhaben kann, den er an der Côte d'Azur in sich aufgenommen hat.

Ein Hauch von »Casablanca« weht da am Broadway Otto Preminger entgegen.

Noch ist er fern von Hollywood, weit vor seiner großen Zeit. Erst 1943 wird er die amerikanische Staatsangehörigkeit bekommen und mit 20th-Century-Fox einen Vertrag unterzeichnen, als Produzent-Regisseur. Mit »Laura« (1944) wird seine Karriere beginnen, der die Menschheit in den Kinositzen und Fernsehsesseln eine Serie von Evergreenfilmen verdankt: 1953 verläßt er die Fox, wird selbständiger Produzent – für seine Carlyle Productions – und ab sofort wird er nur noch »Mr. Hitmaker« genannt. Hier seine Visitenkarte: »The Moon Is Blue« (1953), »Carmen Jones« (1954), Bizets Oper in den Südstaaten, »The Man With The Golden Arm« (1955) mit Frank Sinatras sensationellem Comeback, »Saint Joan« (1957) und »Bonjour Tristesse« (1958) mit seiner Entdeckung Jean Seberg, »Porgy und Bess« (1959), »Anatomy of a Murder« (1959), »Immer noch der beste Courtroom-Thriller, der je gedreht wurde!«, wie es der US-Kritiker Steven H. Scheuer ausdrückt, »Exodus« (1960), »Advise and Consent« (1961), »The Cardinal« (1964), »In Harm's Way« (1965) und »Bunny Lake Is Missing« (1965).

Der Preminger vom Broadway verpaßt die große Chance, an einer Zelluloidlegende beteiligt sein zu dürfen. Und er tut es auf seine Weise, aufbrausend, wutschnaubend, denn Ruhe, Geduld und Einfühlung zählen nicht zu seinen Tugenden.

Seine Schimpfkanonade ist verbrieft.

Als Joan und Murray erneut mit dem anderen Stück auf ihn einreden, platzt ihm der Kragen.

»Hören Sie endlich auf«, brüllt er die beiden an, »mir mit einem Stück zu kommen, das ich nicht besitze. Ich will nur was hören über eins, das mir gehört!«

Mit diesen historischen Worten verabschiedet sich Otto Preminger von dem, was einmal »Casablanca« heißen wird.

Otto Preminger (Mitte) mit den Stars von ›Bonjour Tristesse‹: Jean Seberg und David Niven.

Er hätte doch besser hinhören sollen. Aus »A Million to One« wird nämlich sowieso nichts. Warum? Weil ein seltsam makabrer, streng konservativer Wind gerade durch die Schönen Künste der Vereinigten Staaten weht. Der Geist von Burton K. Wheeler, einem einflußreichen Trendsetter im US-Congress, der mit dem Slogan »America First« für absolute Neutralität eintritt, während nach und nach Europa in Flammen aufgeht.

Bis zum letzten Tag, als die USA dann doch in den Zweiten Weltkrieg ziehen, sorgt Burton K. Wheeler für eine Vogel-Strauß-Politik, die alle Medien beherrscht.

Das Wheeler-Komitee kontrolliert, was öffentlich, im Radio, Kino und Theater, gespielt wird. Keine Anti-Nazi-Propaganda, keine gar militanten, extremen Töne gegen das »Deutschland über alles« …

Diesem Druck muß sich Otto Preminger, der in seiner neuen Heimat schließlich etwas werden möchte, plötzlich beugen. Als »A Million to One« für die Ausführung reif ist, nehmen ihn seine Broadway-Partner ins Gebet. Aus Furcht vor dem allgegenwärtigen »Wheeler Committee of Congress« legt er das zu brisante Theaterstück daraufhin doch lieber auf Eis und zu den Akten.

Und Murray & Joan haben ihren zweiten Broadway-Flop.

Und wieder macht es den beiden Hobby-Dramatikern gar nichts. Sie haben ja bereits ihren nächsten Stoff in der Mache, der sich nicht derartig drall-simpel wie ihr Spy-Knallerballer mit den Vorgängen in Europa auseinandersetzt, der selbst vor den

Kein Studio, sondern Wirklichkeit: marokkanische Landschaft.

Zensurbehörden des Burton K. Wheeler Gnade finden würde.

Das Ding about romance and refugees – mit dem terrific setting!

Südfrankreich fällt mittlerweile als Schauplatz aus. Die Deutschen haben La France besetzt, und kein schwarzer Bluessänger aus Chicago wird mehr im »La Belle Aurore« dicht bei Nizza »As Time Goes By« anstimmen.

Murray erinnert sich an die heimliche Route des Flüchtlingsstroms. Die letzte Station vor Lissabon, vor dem Weg in die

Freiheit überm großen Teich ist – Casablanca. Dort entscheidet sich alles.

Eine sarkastische, zynische, abstruse, operettenhafte Oase. Stadt der Korruption. Intrigue-City in Französisch-Marokko. Mekka der Gejagten und der Jäger. Hier sitzen alle an einem Tisch, die Juden und die Gestapoleute in Uniform. Denn laut papierener Verfügung wird Casablanca von der Vichy-Regierung, dem Marionettenensemble der Nazis, kontrolliert. Bereits in der politischen Situation der Stadt liegt eine besondere Spannung. Der französische Polizeipräfekt tut so, als würde Casablanca sein Hoheitsgebiet sein, in Wirklichkeit ist er nichts anderes als ein Vasall im Zeichen des Hakenkreuzes …

Casablanca ist Joan & Murrays Stadt.

Im Nu steht die Rohfassung. Die Hauptperson heißt Rick Blaine, ein Amerikaner im Exil, ein Mann, der auf der Flucht vor sich selbst ist, der sich ins Schneckenhaus der Resignation zurückgezogen hat.

So der Typ, mysteriös bis zynisch.

Er besitzt eine Bar, in der sich tout Casablanca trifft, die Vichy-Vasallen, französische Patrioten, deutsche und italienische Nazis in Uniform, jüdische Emigranten, Staatenlose, Gauner, Hasardeure und Widerstandskämpfer … In »Rick's Café Américain« sind sie alle unter einem Dach, die nicht unter einer Decke stecken.

Sein engster Freund ist sein schwarzer Landsmann und Entertainer Sam, der im »Rick's« auf die Pianotasten haut und die Gäste unterhält, so wie es Murray Burnett mit seiner Frau in dem Nightclub bei Nizza erlebt hat.

Rick Blaine, so fantasieren Murray & Joan im ersten Anlauf munter drauf los, lebte lange Zeit in Paris, war dort irgendwas Reiches, Staranwalt oder so, ließ sich dann von Gattin und Kindern scheiden wegen einer anderen. Aber die hat ihn dann sitzenlassen, ihm »die Seele aus dem Leib gerissen«. Diese unglückselige Liebe hat ihn zu dem gemacht, was er in Casablanca ist, zum verbitterten Eigenbrötler, den nur noch seine Geschäfte interessieren.

Was um ihn herum abläuft, geht ihn nichts an, läßt ihn kalt, und wenn die ganze Welt in Trümmern geht …

Dann passiert, was passieren muß: Lois Meredith, Ricks unvergessene, unbewältigte, tragisch umflorte Liebe aus Paris,

Ricks Firmenzeichen.

taucht in seinem Café auf, eine unter den vielen, die verzweifelt hoffen, ein Transit-Visum für Lissabon zu bekommen. Um Rick und Lois ranken sich die einzelnen Flüchtlingsschicksale.

Und am Schluß muß Rick Blaine geläutert werden, aus seiner Isolation aufwachen, kurz: zum sympathischen, opferbereiten Helden werden.

Soweit der erste Entwurf.

Auch der Titel steht schnell fest – »Everybody Comes to Rick's«. Jeder kommt zu Rick.

Es ist im Januar 1940 – zu »Casablanca«'s Erschaffung sind noch zwei Jahre und vier Monate hin –, als Murray Burnett seiner Dichterpartnerin eine Frage stellt, die sie sich in ihr Tagebuch schreibt.

»Wie sollen wir uns Rick und Lois vorstellen? Wen hast du vor Augen, wenn du an unsere beiden Helden denkst?«

»Clark Gable und Carole Lombard«, erwidert Joan Alison, ohne auch nur eine Sekunde zu fackeln.

Amerika lebt nun einmal im totalen »Vom Winde verweht«-Orkan. Rhett Butler alias Clark Gable und seine dritte Frisch-angetraute sind *das* Liebespaar von Küste zu Küste. Lange Zeit waren sie beide die Sünde vom Dienst in den Schlagzeilen, denn er war verheiratet und scheute die Scheidungskosten. Aber dann langte sein Studioboß Louis Mayer tief ins Portemonnaie, finanzierte die komplette Scheidung seines Stars, damit der seine Geliebte ehelichen konnte. Und ab dem Moment herrschte mit den Frauenverbänden Ruhe, und bei der Premiere von »Vom Winde verweht« konnte nichts mehr schiefgehen.

Clark Gable und Carole Lombard. Der »King of Hollywood« hat sich nach zwei typischen Gigoloehen mit zwei älteren Ladies, die ihn lediglich finanziell auf Vordermann brachten, endlich doch für eine Jüngere und für eine pure Liebesehe entschieden!

Keiner ist der Schwarm der Mädchen, Frauen und Männer gleichermaßen wie er. Er besitzt dieses gewisse Etwas super-männlicher Arroganz, kombiniert mit salopper Lässigkeit und konsequentem Desinteresse, was das andere Geschlecht anbelangt. Nie würde er sich um jemanden reißen, er ist der, dem sie alle nachlaufen.

Hinzu kommt, daß Clark Gable nicht die Schönheit gepachtet hat. Seine Ohren sind zu groß, seine Hände sind zu klotzig – er nennt sie zärtlich »meine beiden Bananenstauden« –, und er trägt bereits in jungen Jahren seine dritten Zähne, die er gern auf Partys herausnimmt, gebißklappernd herumreicht, mit den Worten: »Wollt ihr mal Amerikas Sweetheart sehen?«

Mann, was für ein Mann!

Als ein Reporter enthüllt, daß Clark Gable keine Unterwäsche trägt, verzeichnet die amerikanische Unterhosenindustrie Rekordverluste …

Murray und Joan beschließen, ihre beiden Hauptfiguren Mr. und Mrs. Clark Gable auf den Leib zu schreiben.

Aber ihr Dreiakter mit dem nur einen Schauplatz fällt nicht vom Himmel.

In ein paar Stunden an diesem oder jenen Weekend schreibt man keine Broadway-Sensation, okay, so können sie schon mal Details, Storygrundlagen und einzelne Gimmicks zusammen-tragen, aber mit dem konkreten Herunterschreiben, von Szene zu Szene, geht das nicht so nebenbei.

Es gibt nur eine Chance, echt voranzukommen. Murray Burnett muß seine kommenden Sommerferien opfern. Aber was wird die junge Frau Burnett dazu sagen, daß er seinen kostbaren Jahresurlaub in Miss Joan Alisons Appartement in Manhattans West 54th Street verbringen will, Tag und Nacht angeblich mit Miss Alison an der Schreibmaschine?

Tatsächlich ist die Toleranz der Mrs. Burnett überdimensional. Ihr allein hat die Welt zu danken, daß es »Casablanca« geben wird.

Sommer 1940.

Joan und Murray gehen für sechs Wochen in Klausur. Bereits am dritten Tag sitzen sie mit ihrer Story in einer Sackgasse. Das ganze Stück scheint sich vor ihren Augen in Luft auzulösen, weil

Carole Lombard und Clark Gable bei der Uraufführung von ›Vom Winde verweht‹.

der fundamentale Plot nicht stimmt. Sie schreiben gerade an der Szene mit dem schmierigen Ugarte, der vergeblich um Rick Blaines Sympathie buhlt, es fällt das Stichwort »Exit-Visa« für Lissabon, zwei Blanko-Visa, die Ugarte bei den beiden getöteten deutschen Kurieren gefunden hat und die er Rick zur Aufbewahrung gibt, und um diese Papiere soll sich die komplette Handlung drehen, denn Rick fallen sie praktisch nach Ugartes Tod in die Hände, und Rick kann nun drei Akte lang überlegen, wer mit den beiden »Exit-Visa« nun nach Lissabon fliegen wird – er mit seiner großen Liebe, oder seine große Liebe mit ihrem Idealisten, während er zurückbleibt?

»Wir müssen das mit den Visa vergessen«, sagt Murray Burnett plötzlich.

Ein Visum kann man für ungültig erklären, hält er seiner Co-Autorin vor, damit kann man keinen Vichy-Vasallen übertrumpfen. Ein viel bedeutungsvolleres Dokument muß her, das selbst dem erbittertsten Feind die Ausreise gestattet, wenn es nun einmal in seinem Besitz ist …

Er erinnert Joan, auf was für wackeligen Füßen ihr Theaterstück steht.

In der Realität von Casablanca gibt es überhaupt keine Exit-Visa. Schon die hatten sie sich schlichtweg ersponnen.

Und was jetzt?

»Komm, laß' uns Shopping gehen!« ruft die extravagante Mitdramatikerin unternehmungslustig aus. Das ist ihr Tick. Immer wenn's gar nicht weitergeht, hält sie es im Appartement nicht mehr aus, muß sie an die Luft und unter Leute, einkaufen gehen, und meist klärt sich dann der Fall von selbst.

Denn bei Joan Alison und Murray Burnett handelt es sich nicht um normales Einkaufengehen, das ins Geld geht.

Joan nimmt Shopping nur als ein anderes Wort für Comedia dell'arte. Ein Stegreifspiel, das die grauen Fantasiegehirnzellen kräftig durchmassiert.

Sie gehen in die Fifth Avenue: in den Prunksalon von »Bergdorf-Goodman«, dem Feinsten vom Feinen …

Wie eine altvertraute Stammkundin stürmt Joan auf die teuersten Pelze zu, von einer scheuen Verkäuferin flankiert. Sie probiert eine ausgefallene Kreation an, irgendwas aus Kamelhaar, und Murray liefert endlich das Stichwort, damit das Spiel beginnen kann.

50

»Also der Mantel ist wirklich schön. Den solltest du nehmen. Der steht dir fantastisch, Liebling«, redet er schwärmerisch auf sie ein.

»Ja«, nickt sie, über den Ärmel streichend, und sie wendet sich der Angestellten zu. »Ich nehme ihn, allerdings in einer anderen Farbe – in türkis!«

Plötzlich hilfloses Bedauern von der anderen Seite. In diesem Ton sei der Mantel gerade nicht vorrätig. Aber sie könnte ihn sofort bestellen, und schon morgen …

»Tut mir leid«, sagt Joan Alison ohne Pardon. »Ich brauch' den Mantel unbedingt für heute abend. Ich muß woanders mein Glück versuchen, vielleicht klappt's beim nächsten Mal bei Ihnen …«

Und raus sind sie aus New Yorks »Bergdorf-Goodmann«.

Einen Jux haben sie sich machen wollen, der verheiratete Berufsschullehrer von der Central Commercial High School und die Jet-set-femme-fatale, die sich gemeinsam in seinen Sommerferien an der Schreibmaschine totarbeiten wollen, damit der Broadway irgendwann einen Hit No. 1 bekommt …

Auf dem Rückweg zu Joans Appartement hat Murray die Erleuchtung. »Transit-Briefe, das ist es!« ruft er aus, während sie den Fahrstuhlknopf drückt. »Ugarte stiehlt zwei Transit-Briefe – und die sind von Vichy-General Weygand persönlich unterschrieben. Die können niemals für nichtig erklärt werden!«

Während sie im Lift nach oben schweben, ist das Plot-Problem gelöst.

Rick Blaine kommt gleich am Anfang, ohne etwas direkt dazu zu tun, in den Besitz von zwei Transit-Briefen, und drei Akte lang kann er hin und her überlegen, was er mit den beiden Wunderdokumenten anfangen wird, wer mit ihnen nach Lissabon und damit auf den Liner in die USA gelangen soll.

Joans Methode Shopping hat gewirkt …

In genau sechs Wochen ist »Everbody Comes to Rick's« fertig. Siebenundneunzig Seiten bis zum magischen »The End«.

Prompt finden sie eine Agentin, Anne Watkins, die an das Stück glaubt. Wenig später erwirbt die Produktionsgesellschaft Martin Gabel & Charly Wharton die Option für eine Aufführung am Broadway!

Verflixt nochmal, was kann jetzt noch dazwischenkommen?

Gabel & Wharton tun das, was man bei jedem Erstling tut.

Sie sind von der Arbeit der beiden jungen Bühnenautoren hingerissen , aber sie geben zu bedenken, daß sie in der Theaterszene völlig unbekannt sind. Drum – ob sie wohl was dagegen hätten, wenn man einen renommierten Dramatiker mit dem ganz großen Namen hinzuziehen würde? Der vielleicht auch noch was ändern täte, um das Stück noch erfolgreicher zu machen?

Widerstrebend geben Murray Burnett und Joan Alison ihre Zustimmung.

Daraufhin passiert das Tollste. Alle bekannten Writer, die das Script geschickt bekommen, darunter auch Ben Hecht (»The Front Page«, »Nothing Sacred«, die beste Komödie mit Carole Lombard) und Robert Sherwood, weisen das Angebot weit von sich. Einhellige Begründung: »Das Stück hat keine Überarbeitung nötig!«

Und so gehen wieder die Monate ins Land. Die Produktion zögert, steigert sich in Unsicherheitsfaktoren hinein, bis Frau Carly Wharton ihre Bedenken auf die Spitze treibt. Eine Stelle im Stück bereitet ihr schlaflose Nächte. Die Stelle, wo die Heldin Lois Meredith drauf und dran ist, mit dem Helden Rick Blaine ins Bett zu gehen, nur um an die Transit-Briefe heranzukommen.

Frau und Co-Produzentin Carly Wharton sagt, das geht zu weit. Sie verlangt eine Änderung dieser Szene, die in die Moralvorstellung von 1940 paßt.

Murray & Joan sagen: »Nein!«

Zum drittenmal haben sie den weiten Weg bis knapp auf den Broadway-Olymp geschafft. Wieder Sense. Ihre Agentin Anne Watkins will nicht wahrhaben, an was für einer Engstirnigkeit diese Sensation namens »Everybody Comes to Rick's« scheitern soll. Und sie macht einen ungewöhnlichen Vorschlag: »Das ist der ideale Filmstoff – warum soll ich es nicht mal mit Hollywood versuchen, wo das wahre Geld zuhause ist?«

Murray und Joan sind derart enttäuscht, lustlos am Boden zerschmettert, daß sie alles akzeptieren, selbst wenn Anne Watkins ihr unseliges Theaterstück dem Staatstheater von Grönland anbieten würde.

Mit dem Tauziehen bei Gabel & Wharton & Co. haben sie über ein ganzes Jahr vergeudet, bis die gnädige Frau Produzentin moralische Skrupel entwickelte. Mittlerweile ist in New York Winter. Nicht Winter 1940. Winter 1941. Dezember.

Noch sechs Monate, bis für »Casablanca« die künstlichen Sonnen aufgehen …!

Anne Watkins schickt das Script an das New York-Büro von Warner Brothers.

Am 8. Dezember 1941 – so der Eingangsstempel – trifft es in Hollywood ein, in dem Story-Department von »WB« – im Writer's Building am Warner Boulevard Nummer 4000 in Burbank.

Einen Tag nach dem Horror von Pearl Harbour. Auf den Tag genau, als Präsident Franklin D. Roosevelt im Radio den japanischen Angriff im Pazifik als einen »Messerstich in den Rükken« verurteilte und endlich Amerikas Eintritt in den Zweiten Weltkrieg forderte.

Auf die Sekunde genau ist ein Stoff wie »Everybody Comes to Rick's« plötzlich brandaktuell. Zeitzünderperfekt!

In den ersten Januartagen von 1942 bittet Agentin Anne Watkins ihre beiden Bühnenschriftsteller Murray Burnett und Joan Alison in ihr Büro. Warner Brothers, teilt sie mit, ist bereit, für den Dreiakter mit dem nur einen Schauplatz 20000 Dollar zu zahlen.

»Take it – das Angebot nehmen wir an«, sagt Murray, der für die Irrungen und Wirrungen am Broadway keine Nerven mehr hat.

Mit dem Traum von der fantastischen Theaterkarriere ist er, genauso wie Joan, ein für alle Mal fertig. Take the money and run, das Geld und aus und vergessen, das ist von seinen und von Joans Flausen übriggeblieben, die sechs Wochen lang in ihrem Manhattan-Appartement wunderbare Blüten getrieben haben.

Und das erklärt, warum sich Murray & Joan kein erneutes Mal mehr an ihre gemeinsame Schreibmaschine gesetzt haben.

Zwei hochbegabte Autoren haben nur ein einziges Werk dem Publikum in aller Welt und für alle Zeiten geschenkt. Ihr Melodram um Rick Blaine, das in Casablanca spielt.

Was für eine Verschwendung an menschlichem Esprit, daß sie die Lust verlieren mußten, ihre gemeinsamen Fantasieproduktionen fortzusetzen!

Aber der Broadway hinter seinen Kulissen hat sie entmutigt, entnervt.

Und genauso wird es Hollywood mit ihnen treiben …

III.
Die Originalstory oder Wie man in Hollywood (nahezu) perfekt geistigen Diebstahl begeht

Da gibt es einen Regisseur, der um ein Haar bei »Casablanca« die Regie geführt hätte.

Sherman, Vorname: Vincent, am 16. Juli 1906 in Wien geboren, wie die meisten guten Hollywoodregisseure in den 30er Jahren in Hollywood eingetroffen (Filme: »Underground«, »Saturday's Children«, »Flight from Destiny«, »Old Acquaintances«, »In Our Time«, »Mr. Skeffington«, »Pillow to Post«, »Nora Prentiss«, »The City«, »Hasty Heart«, »Damned Don't Cry«, »Harriet Craig«, »Goodbye«, »My Fancy«, »Lone Star«, »Assignment – Paris«. Regie und Produktion: »Affair in Trinidad«, »The Young Philadelphians«, »The Naked Earth«, »Second Time Around«. Fernsehen: 25 Episoden von »Medical Hospital«; 3 »Westside Medical«; 6 »Baretta«; 4 »Waltons«, 2 »Doctor's Hospital«; »The Last Hurrah«; »Women at West Point«; »The Yeagers« und »The Dream Merchants«, hat sich 38 Jahre nach seiner verpaßten und verpatzten Chance auf schreckliche Weise gerächt.

1980 drehte er für MTV den 104 Minuten langen Fernsehfilm »Bogie«.

Humphrey Bogart, per Look-alike-Schauspieler Kevin O'Connor, durch den Reißwolf von Hollywood-TV gejagt ...

Keine Rache kann mehr Blutwurst sein als so was.

Vincent Sherman war eine Handbreit an der Unsterblichkeit dran, er hat sich mit vielen Filmen gesundgestoßen, kann heute zurückgezogen in Malibu residieren, aber eines wird er bis zu seinem letzten Atemzug nicht verwinden, daß ihm ein anderer dieses hohe »C« weggeschnappt hat.

Im Juni 1976 erschien im »American Film« ein Artikel mit der Überschrift »Endlich und endgültig die Wahrheit über Casablanca«.

Vincent Sherman setzte sich an seine Schreibmaschine und

54

tippte einen Leserbrief, der im nächsten Heft abgedruckt wurde. Ein Lüftchen Wehmut von einem, dem die Mitgliedschaft an einem Kultfilm verwehrt worden ist. Kein Reporter hat es jemals für nötig befunden, ihn zu interviewen.

Vincent Sherman muß einen Leserbrief schreiben, um sein Schicksal öffentlich zu machen.

Hier der Wortlaut:

»Ronald Havers Artikel über die Dreharbeiten an ›Casablanca‹ hat Erinnerungen in mir geweckt. Damals stand ich bei Warner Bros. unter Vertrag, als Drehbuchautor und Regisseur, und es gehörte zu den Gepflogenheiten von Hal Wallis, dem Chefproduzenten, daß er die interessantesten Filmstoffangebote reihum schickte, um möglichst viele Beurteilungen zu erhalten.

Eines Morgens kam Bob Rossen zu mir rüber. Viele Jahre arbeitete er in dem Büro, das meinem gegenüberlag, in dem Komplex, der damals ›das Autorengebäude‹ genannt wurde. Er fragte mich, ob ich schon ›Everybody Comes to Rick's‹ gelesen hätte, dieses Theaterstück, das gerade die Runde machte. Ich erklärte ihm, daß ich es noch nicht bekommen hätte, und fragte ihn, was er denn davon halte. Er meinte, es sei rührseliger Schund und Kitsch.

Nach dem Mittagessen fand ich auf meinem Schreibtisch eine Kopie des Theaterstücks vor, mit der Nachricht von Paul Nathan, Wallis' Assistenten, es so schnell wie möglich zu lesen und meinen Kommentar direkt an Hal zu schicken.

Später am Nachmittag kam ich endlich dazu. Ich mußte nicht lange lesen, um restlos begeistert zu sein von filmischen Dimensionen, die in dem Play steckten. Als ich zum Ende kam, gab es für mich keinen Zweifel – dieses Script beinhaltete sämtliche Ingredienzen, die einen faszinierenden und erfolgreichen Film ausmachen. Nachdem ich dann einige Zeilen zu Papier gebracht hatte, ging ich rauf zu Julie und Phil Epstein, deren Drehbuch zu ›Saturday's Children‹ ich gerade in Szene gesetzt hatte und die ich echt bewunderte. Ich wollte sie überreden, das Drehbuch zu schreiben, sie waren meiner Meinung nach genau die Richtigen, die solch einen Stoff in ein Superscript umsetzen konnten.

Ich gab ihnen einen kurzen Überblick, erläuterte ihnen meine Begeisterung – diese farbenreiche, exotische Kulisse mit der prickelnden Atmosphäre von Singapur, Schanghai und Istanbul zusammengenommen. Zuzüglich dem Drama politischer

Flüchtlinge. Ein einsamer, mysteriöser Amerikaner, der einen Nightclub besitzt, ein vom Leben enttäuschter Zyniker, der unter einer unglücklichen Liebe leidet – und bald darauf sein Leben aufs Spiel setzt für diese Frau. Ein schwarzer Landsmann und Freund, der für die Gäste Piano spielt und manchmal für Rick allein. Alles in allem, und da stimmte ich mit Rossen überein, rührseliger Schund und Kitsch, aber großartiger Movie-Junk.

Die Epsteins fanden das ganz vielversprechend, ja, sie würden gern an dem Projekt mitmachen. Einziger Haken: Am nächsten Tag wollten sie nach New York fliegen und vier Wochen Urlaub machen. Ich fragte sie, ob ich in ihrem Namen Wallis vorschlagen könnte, sie nach New York zu begleiten und ihnen dort ein bißchen Zeit abzuzwacken, mit mir zusammen ein Treatment zu schreiben. Ich war mir sicher, daß die Vorlage so kompakt war, daß es ein leichtes sein würde, in vier Wochen praktisch mit dem fix und fertigen Drehbuch zurückzufliegen. Sie schlugen mir vor, alles Weitere mit Wallis auszumachen.

Wenige Minuten nach 18 Uhr betrat ich Hals Büro. Er packte gerade einen Stoß Scripts in seinen Aktenkoffer, machte sich für den Feierabend fertig. Als ich ihm meine Meinung über ›Rick's‹ sagte, war er überrascht. Keiner, meinte er, wäre bislang von dem Stück überzeugt. Noch angenehmer überrascht reagierte er, als ich ihm das mit den Epsteins berichtete, die ich bereits für das Projekt gewonnen hätte. (Laut Vertrag konnten sich die Epsteins ihre Engagements selber auswählen.)

Als ich fragte, ob ich mit den Epsteins nun nach New York mitfliegen sollte, winkte er entschieden ab. Nein, mich bräuchte er für ›The Hard Way‹. Daraufhin fragte ich ihn, ob er mir denn wenigstens die Chance geben würde, die Regie zu führen, wenn das Drehbuch fertig wäre. Er zögerte. Er meinte, da würde noch so viel Zeit vergehen, und er müßte auch erst mal sehen, wie er mit dem Terminplan hinkäme. Das war das Ende meines Kontakts mit ›Rick's‹, das ja dann bald ›Casablanca‹ wurde.

Es gab mir einen Stich, als Monate später Mike Curtiz die Regie bekam. Aber ich konnte ihm nicht böse sein, denn Mike war der beste Regisseur des Studios und ich hatte ehrlichen Respekt vor ihm. Er war, meiner Meinung nach, einer der besten, den wir je gehabt haben, und bis auf den heutigen Tag wird er reichlich unterschätzt in unserer Welt der Kunstfilmvorurteile.

Kürzlich sah ich ›Casablanca‹ zum dritten Mal im Fernsehen. Die Zeit ist eine andere geworden; aber Bogart und Bergman sind das ideale Paar für alle Ewigkeit, Ricks dramatische Probleme sind etwas klischeehaft, und die Darstellung eines gefürchteten Untergrundkämpfers im strahlend weißen Panamamaßanzug ist heute schwer zu verkraften, aber nichtsdestotrotz es sitzt alles, denn es ist noch immer großartiger Movie-Junk.

Und ich wünschte mir, mein Name wäre mit im Vorspann. Ich bin stolz, daß ich einer der ersten war, der erkannte, was in dem Stoff drinsteckte, und der mitgeholfen hat, daß es mit dem Projekt losging.

Ich weiß nicht, ob sich Wallis an das alles erinnern wird, aber ich bin sicher, Julie Epstein wird es bestätigen können.

Vincent Sherman
Malibu, California«

Soweit der O-Ton eines Übergangenen auf der Leserbriefseite des »American Film«-Magazins.

Immerhin gibt Vincent Sherman zu, daß er ein bißchen spät dran war, »Everybody Comes to Rick's« zu lesen und zu begutachten, es zirkulierte längst durch die Warner-Büros. Selbst sein Gegenüber Bob Rossen hatte längst ein Exemplar auf dem Tisch.

Also – wer war tatsächlich der erste »Rick's«-Fan? Wer brachte den Stein ins Rollen? Wer machte die Big Bosse von »WB« neugierig?

Dieser gute Mensch von Burbank heißt Stephen Karnot …

Montag, 8. Dezember '41: Während die Studiolautsprecher Roosevelts berühmte Request-for-a-declaration-of-war-Rede im Radio übertragen, macht sich Stephen Karnot, ein Lektor im Story-Department, über seinen Schreibtisch her, um sämtliche Script-Angebote unter einem Aspekt durchzugehen. Seit Pearl Harbour gibt es für die 131 669 275 Einwohner der Vereinigten Staaten nur ein Thema – World War Two. Und auf diese völlig neue Situation muß sich erst recht eine Filmgesellschaft wie Warner Bros. Pictures einstellen, meint Stephen Karnot.

Als ihm ein dicker Aktenordner in die Hände fällt, schlägt er rasch die Seite mit den handelnden Personen auf. Er liest »Gestapo agent Strasser« …

Sofort widmet er sich »Everybody Comes to Rick's«, wie das

Theaterstück ein wenig unscheinbar, ja, sogar extrem harmlos betitelt ist.

Als er das Manuskript durchhat, zweifelt er nicht mehr, daß er genau das in den Händen hält, was aktueller als jede Radio-News ist und was der amerikanischen Kinonation glatt unter die Haut gehen würde.

Einige Tage lang studiert er die Story bis ins kleinste Detail. Stephen Karnot ist Profi. Sein Job ist es nicht nur, den Superfilm meilenweit gegen den Wind zu wittern. Viel entscheidender ist es, wie er seine Einschätzung des Stoffes in Worte kleidet. Bosse haben keine Zeit zum Lesen.

Am 11. Dezember läßt er seinen Report Hal Wallis zukommen.

Er besteht aus einer Kurzfassung und einer 15 Seiten langen Synopsis.

In Stephen Karnots Kürze liegt die Würze: »Exzellentes Melodram. Farbenreicher, hochaktueller Hintergrund, spannungsgeladene Atmosphäre, Thrill, psychologische und handfeste Konfliktsituation, straffe Dramaturgie, Sentimentalitäten mit Raffinesse. Ein Kinokassengarant – für Bogart oder Cagney oder Raft in einer aus dem Rahmen fallenden Rolle und für, vielleicht, Mary Astor ...«

Hal Wallis, Warner Brothers' Top Producer, hat Zeit zum Lesen. Er überfliegt auch die Langfassung. »Der ganze Report von Stephen Karnot kam mir wie eine Geburtsanzeige vor«, wird er sich später in Interviews erinnern.

Dann läßt er sich das komplette Play bringen.

»Everybody Comes to Rick's«, oder wie immer man das auch umtiteln müßte, enthält sämtliche Elemente, auf die es Wallis in einem Film ankommt. Die Liebesromanze ist stark genug, um das weibliche Publikum in ihren Bann zu ziehen, und die politische Intrige und Brisanz ist attraktiv genug für das männliche Publikum.

Das Wichtigste – die Story hat die Hand auf dem Puls der Zeit. Sie handelt von den Problemen des Heute und Jetzt.

Hal Wallis diktiert seiner Sekretärin eine Hausmitteilung für das Warner Story Department.

Ein Satz nur: »I want it.«

Und erst jetzt schickt er Kopien des »Rick's«-Stücks auf die Reise durch die einzelnen Büroinstanzen, um vielleicht noch auf

Jack Warner (rechts) bei einer Premiere mit Ann Alvarade, Dolores Del Rio und Cedric Gibbons (v. rechts n. links).

Aspekte hingewiesen zu werden, die er noch nicht bedachte. Er hat sich entschieden. Was er jetzt braucht, sind die unterschiedlichsten Reaktionen, die ihm dabei helfen, diesen Stoff von allen Seiten zu betrachten.

Ein paar Wochen später. Datum: 12. Januar 1942.

Schauplatz: das Hauptquartier der Warner Bros. Pictures in New York, Ninth Avenue auf Manhattans West Side – der Konferenzsaal.

Am runden Tisch: Murray Burnett, Joan Alison, ihre Agentin Anne Watkins, drei »WB«-Anwälte und ein unabhängiger Notar, der die Unterzeichnung des Vertrages bestätigen wird.

Auf dem Tisch – ein seltsamer Standardvertrag.

Der Aufdruck »City and County of Los Angeles« ist durchgestrichen, durch den maschinegetippten Gerichtsstand »City and County of New York« ersetzt. Die Warner-Leute entschuldigen sich wortgewandt, daß die Originalausführung für New York partout nicht im Büro auffindbar gewesen sei. Kann doch mal vorkommen.

Und damit erklären sie auch die Unmenge maschinengetippter Zusatzparagraphen. Übliche Formsachen. Ohne Bedeutung.

Das Dokument ist bereits von der Warner-Seite unterzeichnet. Burnett und Alison leisten ihre Unterschrift. Auch der Notar gibt seinen Friedrich Wilhelm drunter, bezeugt die Aushändigung des 20000 Dollar-Schecks. Allgemeines Händeschütteln ringsum. Das Autorengespann Murray & Joan verläßt das Building.

Total gerupft, wie man sagt.

Ab diesem historischen Januartag im »Casablanca«-Jahr haben die beiden Urheber von Rick Blaine und seinem »Café Américain« nichts mehr mit ihrem Bühnenstück »Everybody Comes to Rick's« am Hute und erst recht nichts mehr zu tun – und schon ganz und gar nix mit dem, was daraus in Schwarzweiß gemacht wird.

Hollywood hat zwei unbekannten schreiberischen Genies das Fell über die Ohren gezogen.

Noch sind sie stolz und überglücklich über das »tolle Geschäft«, lassen in ihrem Lieblingslokal die Champagnerkorken knallen. Sie glauben daran, was ihnen im Konferenzsaal aufgetischt wurde, daß sie das höchste Honorar eingestrichen hätten, das jemals für ein noch nicht aufgeführtes Theaterstück gezahlt worden sei.

Triumph eines nun doch noch durchgeboxten Traums. Eine Topfirma dreht aus ihrem Script einen Topfilm. Je nun. Murray & Joan dürfen weiterträumen. Diesmal etwas konkreter als sonst. Eine Drehbuchkarriere unter den Palmen Hollywoods scheint für sie reserviert.

Aber schon bald treffen sie einen guten Freund, der sich im Dickicht des feuergefährlichen Zelluloids auskennt. Er wirft einen Blick in ihre Vertragskopie. Kriegt keine Luft mehr.

»Großer Gott im Himmel«, schnauft er fassungslos, »wie habt ihr nur diesen Papierfetzen unterschreiben können? Diese Art von Halsabschneiderverträgen gibt es seit der Gründerzeit Hollywoods, seit David Wark Griffith nicht mehr!«

Er macht ihnen deutlich, daß sie sich sämtliche Rechte, Mitsprachen und Ansprüche an ihrem »Rick's« haben abgaunern lassen.

»Ihr könnt nur eines tun«, fügt er hinzu, »jeden Abend beten und hoffen, daß die Verfilmung eures Stoffes ein Reinfall wird. Besser noch: daß es nicht mal zu einer Verfilmung kommt.«

»Okay. Aber immerhin haben wir ein Bein drin – in Hollywood«, hält ihm Murray vor.

Der Freund läßt auch jene Seifenblase platzen.

»Für Warner Brothers existiert ihr beide nicht mehr. Sie haben euch reingelegt, und darum werden sie niemals mit euch ein anderes Drehbuch in Angriff nehmen. Ihr seid unangenehme Mitwisser – ihr würdet ewig herumnörgeln, was man mit euch gemacht hat, versteht ihr? Und für die anderen Firmen existiert ihr ebensowenig. Ihr werdet staunen, was die Warner-Leute aus eurem Theaterstück machen. Darauf werdet ihr euch niemals berufen können …«

Was der Freund so düster prophezeit, tritt ein.

In der Verfilmung ihres mit allen Konsequenzen verkauften und abgegoltenen Stoffes werden sie später im Vorspann klein, aber immerhin genannt – »From a Play by Murray Burnett und Joan Alison«.

Darüber in großen Lettern – »Screen Play by Julius J. and Philip G. Epstein and Howard Koch.« Und diese drei werden auch den Oscar-Award für das beste Drehbuch bekommen.

Alles schön und gut, wenn die drei Oscarpreisträger das Drehbuch geschrieben hätten. Aber das haben sie nicht. Sie haben es gerade mal abgetippt. Eine kleine miese Geschichte, wenn man geistiges Eigentum zu schätzen weiß und Leute nicht sonderlich liebt, die sich mit fremden Federn schmücken.

Zwei Kronzeugen vorweg. Ronald Haver vom »Los Angeles County Museum of Art« behauptet: »98 Prozent der ›Casablanca‹-Story basiert original auf ›Everybody Comes to Rick's‹!«

Joan Alison, die Co-Autorin, behauptet: »Von unseren 97 Seiten haben die Drehbuchautoren genau 72 Seiten wörtlich übernommen!«

In »Everybody Comes to Rick's« gibt es genau sechzehn Sprechrollen. In »Casablanca« gibt es zweiundzwanzig Sprechrollen. Aber was ist das schon, an eine Schar Hauptcharaktere noch eine Handvoll Chargen ranzuhängen?

Die Enthüllungsgeschichte über den Kultfilm »Casablanca« ist deshalb in erster Linie die Demaskierung eines Drehbuchautorenschwindels.

Ein Urheberrechtsskandal sondersgleichen.

Und wie macht man das nun, geistiges Eigentum anderen abzuknöpfen und dann zu seinem eigenen Besitz umzumodeln?

So: Man kauft das Script für 20 000 Dollar und macht den richtigen Vertrag, und dann gibt man es den angesehenen Drehbuchautoren Julius und Philip Epstein, übrigens zwei Zwillingsbrüder, mit nach Hause. Und die ändern hier mal einen Namen, da mal einen Namen, fügen ein Persönchen und ein Sätzchen hinzu, machen aus einer Amerikanerin eine Norwegerin – weil die Rolle Ingrid Bergman spielen soll –, aber im Großen und Ganzen tippen sie einfach die Originaldialoge auf ihrer Schreibmaschine ab.

Fertig ist ein Drehbuch von Julius und Philip Epstein.

Ab sofort gibt es das Theaterstück von Burnett und Alison nicht mehr. Sämtliche Kopien verschwinden spurlos, tauchen in keinem Archiv mehr auf. Dafür taucht ein neuer renommierter Drehbuchautor auf, der seinerseits das Epstein-Script wesentlich verbessern soll: Howard Koch.

Und Howard Koch, der das Urscript schon gar nicht mehr kennt, greift sich das Epstein-Opus, ändert hier mal einen Namen, da mal einen Namen, fügt auch ein paar Sätzchen hinzu und tippt das Ganze auf seiner Schreibmaschine ab.

Fertig ist das Drehbuch von Howard Koch nach einem Drehbuch von Julius und Philip Epstein.

Wie es sich für hochdotierte Hollywooddrehbuchautoren gehört, machen die es natürlich spannend, sie liefern a) nicht pünktlich und b) kein endgültiges Script ab, daß man glauben könnte, so was schüttelten sie aus dem Ärmel. Produzenten, Regisseure, Hauptdarsteller hat man hinzuhalten, nach Möglichkeit derart spektakulär, daß beim Drehen, buchstäblich in letzter Sekunde, die nächste Drehbuchseite angeliefert wird!

Just so ist es geschehen.

Ein Bluff, der zur Legende wurde …

Drei Hollywood-Dichter haben eine tolle Show hingelegt. Sie

haben Tag-und-Nachtarbeit dargestellt, als hätten sie sich jeden Drehbucheinfall, jede Dialogpointe förmlich unter Zeitdruckqualen aus ihrer Brust gerissen. Alle haben es geglaubt. Auch das Publikum. Bis auf den heutigen Tag.

Es gibt die Legende, daß Ingrid Bergman beim Drehen nicht wußte, wen sie denn nun wirklich liebte. Ein Blick in »Everybody Comes to Rick's«, und sie hätte es gewußt. Es gibt die Legende von der geradezu atemberaubenden Suche nach der perfekten Schlußszene. Sie steht – vom Prinzip her – im Original.

Von jedem Film, der auf diesem Planeten gedreht wurde, weiß man, wer was geschrieben und kreiert hat, selbst wenn x-zählige Autoren engagiert waren. Von »Casablanca« weiß man nichts. Da hat Oscar-Preisträger Howard Koch in seinen Memoiren sogar die Stirn, das Blaue vom Himmel herunterzulügen – vom Original hätte man gerade mal die allgemeine Atmosphäre und ein paar Ideen verwerten können.

Am 20. Februar 1943 wurde ein andere Lüge zur Tatsache hochstilisiert. James Agee (1909–1955), Filmkritiker von »The Nation« – der später für Humphrey Bogart und Katharine Hepburn »The African Queen« schrieb –, behauptete in seiner »Casablanca«-Kritik, daß die Vorlage »eines der schlechtesten Theaterstücke der Welt« gewesen sei.

Wörtlich: »Es ist nicht zu übersehen – ›Casablanca‹, das mir übrigens durchaus gefiel, ist drauf und dran, sich als ein gelungenes Melodrama zu profilieren. Warum? Es ist ganz offensichtlich die Vervollkommnung eines der schlechtesten Theaterstücke der Welt. Aber leider nicht solch eine Vervollkommnung, daß man nicht merkt, worauf es basiert ...«

Dazu Ronald Haver vom »Los Angeles County Museum of Art«: »Ein verblüffendes Werturteil! Denn laut meinen Nachforschungen und laut Kenntnis der Originalautoren Murray Burnett und Joan Alison hat Mr. Agee niemals ›Everybody Comes to Rick's‹ lesen können, geschweige denn überhaupt Zugang zu dem Buch haben können.«

Hier hat doch einer ein Süppchen gekocht.

Ein bißchen simpel, derart lautstark das Original zu diffamieren, um die Leistung der Warner Brothers-Drehbuchschreiber herauszuputzen. Schließlich waren alle Beteiligten, die Produzenten vom Broadway bis nach Hollywood hinauf in die Chefetage von Hal Wallis von dem Play mehr als angetan. Vincent

Sherman, der sich um die Regie riß, war sogar der Meinung, daß die Story derart kompakt sei, daß die Umgestaltung in ein perfektes Drehbuch in glatt vier Wochen zu bewältigen gewesen wäre ...

Nun könnte man die Wer-hat-was-geschrieben-Affäre kurzerhand und restlos aufklären. Man bräuchte lediglich »Everybody Comes to Rick's« Dialogzeile für Dialogzeile mit »Casablanca« zu vergleichen. Wo tauchen die berühmten geflügelten Worte auf? Bogarts »Here's looking at you, kid?« (»Ich seh' dir in die Augen, Kleines!«)? Bei Burnett-Alison? Bei Epstein-Epstein-Koch?

Geht aber nicht.

Das Originaltheaterstück ist nicht aufzutreiben. Und Murray & Joan, die Rip-off-Opfer, die selbstverständlich eine Kopie ihres Werkes besitzen, tun so, als dürften sie ihre Wahrheit nicht der Öffentlichkeit zugänglich machen.

Drohen ihnen womöglich astronomisch hohe Konventionalstrafen? Man wird ja noch fragen dürfen.

Murray Burnett arbeitet heute bei einer Fernsehgesellschaft in New York. Joan Alison ist semi-retired, so halb in Pension. Ganz augenscheinlich scheint ihre beider Existenz auf dem Spiel zu stehen, wenn sie Amerikas bestes Stück Hollywood und noch dazu drei Oscar-Preisträger des geistigen Diebstahls bezichtigen und schnurstracks überführen würden.

Aber eine zuverlässige Quelle sprudelt und bringt für »Casablanca«-Enthusiasten, die die Filmhandlung in und auswendig wissen, eine gehörige Lichtstärke in das Urheberrechtsdunkel. Charles Francisco, New Yorker Schauspieler und Schriftsteller, ist an den detaillierten Report herangekommen, den damals am 11. Dezember 1941 der Warner-Lektor Stephen Karnot an Hal Wallis geschickt hat.

Stephen Karnots minutiöse Nacherzählung von »Everybody Comes to Rick's« bringt den Beweis, was auf Murray Burnetts, Joan Alisons Mist gewachsen ist ...

Hier die Nacherzählung der Nacherzählung:

Im Mittelpunkt des Stücks steht ein Mann namens Rick Blaine, Besitzer des »Rick's Café« in Casablanca, Französisch-Marokko. Rick ist »a man of mystery« für seine Gäste, die Flüchtlinge sind wohlhabende Franzosen im Exil, Offiziere der Vichy-Regierung, der deutschen und italienischen Armee.

Rick, ein Amerikaner, scheint mit zynischer Gelassenheit über die politischen Realitäten um ihn herum hinwegzusehen, er verhält sich in seinem Café strikt neutral. Sein einziger Freund und Vertrauter ist Sam, sein schwarzer Entertainer, und Captain Rinaldo, der französische Polizeipräfekt. Rinaldo kennt Ricks Vorgeschichte, weiß, daß er in Paris ein bekannter Strafverteidiger war, der sich 1939 von seiner Frau scheiden ließ und sich auch von seinen Kindern trennte und daraufhin nach Casablanca ging, ins freiwillige Exil. Allein Sam weiß genau Bescheid, daß Ricks Verbitterung von einer zerbrochenen Liebesromanze herrührt.

Das Stück beginnt mit einer Szene zwischen Rick und einem Typen namens Ugarte, der seinen Lebensunterhalt mit dem Verkauf gestohlener Exit-Visa bestreitet. Ugarte bittet Rick, ihm bei seinem eigenen Plan zu helfen, Casablanca für immer zu verlassen. Er bestürmt ihn geradezu, zwei unschätzbar wertvolle Transit-Briefe, die die Unterschrift von General Weygand tragen, für ihn aufzubewahren, nur für kurze Zeit. Widerstrebend willigt Rick ein, und Ugarte will gerade verschwinden, als Captain Rinaldo im Café mit einem Gestapoagenten namens Strasser auftaucht. Strasser ist nach Casablanca gekommen, um die Flucht eines vermögenden tschechischen Untergrundführers namens Victor Laszlo zu vereiteln. Strasser ist besonders beunruhigt, daß Laszlo an die gestohlenen Transit-Briefe herankommen könnte. Noch in der Tür wird Ugarte verhaftet und abgeführt.

In der nächsten Szene trifft Victor Laszlo in dem Café ein, begleitet von einer schönen Frau – Lois Meredith. Rick ist schwer angeschlagen, sie wiederzusehen, und er kann nicht verhehlen, daß sie beide irgendwann in der Vergangenheit etwas miteinander gehabt haben. Strasser wendet sich an Laszlo, daß er, bevor er nicht sein Vermögen den Nazis überschreiben würde, keine Chance habe, Casablanca zu verlassen.

In der nachfolgenden Szene wird das Publikum endlich über die zurückliegende Liebesaffäre zwischen Rick und Lois Meredith aufgeklärt. Sam warnt Rick, bloß nicht wieder irgendwas mit Lois anzufangen, aber Rick ignoriert ihn – und Lois kehrt allein in das Café zurück, um die Nacht mit Rick zu verbringen. Am nächsten Morgen stellt der noch immer verbitterte Rick Lois zur Rede, wie sie zu Laszlo stehe. Lois gesteht ihm, daß sie

Laszlo bewundere, daß sie ihm absolute Loyalität schulde, aber mit aller Leidenschaft würde sie unverändert nur ihn lieben: Rick.

Sie ist drauf und dran, Rick herumzukriegen, daß er Laszlo bei der Flucht hilft. Aber da taucht Capitaine Rinaldo auf und macht Rick klar, daß Lois ihm was vorspielt. Rick explodiert und schmeißt Lois raus.

Rick erfährt von Rinaldo, daß Ugarte Selbstmord begangen hat. Rinaldo verdächtigt Rick, im Besitz der Transit-Briefe zu sein, aber Rick weicht geschickt jeder Unterstellung aus.

Zwei neue Personen werden vorgestellt – die jungen Flüchtlinge Jan und Annina Viereck. Die junge Frau vertraut Rick an, daß Rinaldo für Jan ein Exit-Visum ausstellen wolle, wenn sie mit ihm ins Bett gehen würde. Anninas Bereitschaft, sich selbst für die Sicherheit ihres Ehemannes zu opfern, trifft Rick tief im Herzen und läßt ihn seinen Zynismus überwinden. Er beginnt, Lois zu verstehen, ihre Gefühle, ihre Treue für Laszlo. Jan greift Rinaldo an, als er sich an Annina ranmacht, und als Rinaldo versucht, Jan festzunehmen, fällt der Vorhang. Ende des ersten Akts.

Jan und Annina sind entkommen. Rinaldo läßt das Café schließen, er verdächtigt Rick, die beiden jungen Flüchtlinge zu verstecken. Tatsächlich hat Rick den Vierecks Unterschlupf gewährt, und er besteht darauf, daß sie solange in seinem Café bleiben, bis Sam für sie Tickets besorgt hat und sie Casablanca am nächsten Morgen verlassen können. Rinaldo taucht am Morgen bei Rick auf, warnt ihn erneut, das Café solange geschlossen zu halten, bis ihm die Vierecks übergeben werden. Kaum ist Rinaldo weg, erscheint Lois. Sie gesteht Rick, daß sie Laszlo verlassen habe, weil sie doch zu ihm gehöre – zu Rick … Rick bittet sie, ihm bei seinem Plan behilflich zu sein, Rinaldo und Strasser reinzulegen. Ende des zweiten Akts.

Rick ruft Rinaldo an, bittet ihn, ins Café zu kommen, um die Vierecks festzunehmen. Als der Franzose eintrifft, überrascht er Rick und Lois in glühender Leidenschaft. Rick erklärt Rinaldo, daß Lois' Entscheidung, zu ihm zurückzukehren, alles geändert habe, auch seine Haltung den Vierecks gegenüber. Er macht Rinaldo einen verlockenden Vorschlag. Wenn er erlauben würde, daß die Vierecks mit einem der beiden Transit-Briefe Casablanca verlassen, würde er mit dem anderen Laszlo eine

Falle stellen. Rinaldo willigt ein, läßt die Vierecks gehen. Rick überredet Laszlo, ins Café zu kommen und den Transit-Brief in Empfang zu nehmen. Als der Freiheitskämpfer den Umschlag entgegennimmt, springt Rinaldo aus seinem Versteck und will ihn verhaften.

Da zieht Rick seinen Revolver, richtet ihn auf Rinaldo und eröffnet ihm, daß Laszlo und Lois den Transit-Brief gebrauchen würden, um zusammen aus Casablanca zu fliehen. Lois, bis dahin uneingeweiht in Ricks Entscheidung, fleht ihn an, alles noch einmal zu überdenken. Wenn er ihnen beiden helfen würde, bedeute dies seinen sicheren Tod. Aber Rick besteht darauf, daß sie Laszlo in die Freiheit begleite. Das Paar begibt sich zum Flughafen, während Rick Rinaldo als Geisel hält. Im Finale des Stücks ergibt sich Rick in dem Moment Rinaldo und Strasser, als sie hören, daß die Maschine nach Portugal abgehoben hat ...

Dies ist »Casablanca«'s Original-Story, wie sie der New Yorker Schauspieler und Buchautor (»The Radio City Music Hall«, »You Must Remember This ... The Filming of Casablanca«) Charles Francisco wahrhaft archäologisch ausgegraben hat.

Stephen Karnots Synopsis, die natürlich wenig über die verkniffelten Charaktere, über die einzelnen Dialogblitze und über die übrigen Personen am Rande aussagt ...

Haben Sie, liebe Leserin, lieber Leser, IHREN Lieblingsfilm wiedererkannt?

Also, Ehre wem Ehre gebürt. Murray Burnett und Joan Alison. Und es reicht, wenn uns die beiden Urschöpfer eines Kultfilms made in USA ein Beispiel geben, die Demonstration der Suppe, die auch in Hollywoods höchster Zelluloidblüte mit purem Wasser gekocht wurde. Die Intrigen und Machenschaften gehen über den Bildrand hinaus. Im Kinohimmel gibt es keine Engel. Und nicht mal Genies sind nötig gewesen, um ein Geniemelodram herzustellen. Es kam alles zum richtigen Zeitpunkt am richtigen Ort mit den richtigen Leuten zusammen.

Warum darum nach über vier Jahrzehnten »Casablanca« darauf herumreiten, wer für Humphrey Bogart zerknittertes Second hand- Halbschuh-Grinsen in der 31. Minute verantwortlich zeichnete?

Nur aus dem einzigen Grunde, daß kein »C«-Fan so ignorant ist, wie es Ingrid Bergman bis ins Jahr 1974 gewesen ist, als sie der New Yorker Filmpublizist Richard J. Anobile interviewte.

Das muß man sich mal anhören.

O-Ton ab.

Anobile: Haben Sie jemals die Bühnenversion von »Casablanca« gesehen?

Bergman: Ein Theaterstück? Nie von gehört. Sind Sie sicher?

Anobile: Ja, der Film ist von einem Theaterstück mit dem Titel »Everybody Comes to Rick's«. Ich bin mir nicht sicher, ob es am Broadway aufgeführt wurde, aber mir fiel gerade ein, ob Sie das Original jemals gesehen haben, denn es hat mir jedes Mal gestunken, wenn ich irgendwo gelesen habe, die Drehbuchautoren hätten partout kein richtiges Script zusammengebracht. Immerhin war eine Originalstory vorhanden.

Bergman: Tja, das wußte ich nicht, und ich habe auch nie etwas anderes gelesen als das Drehbuch von »Casablanca« – und ich habe echt gedacht, es wäre ihre ureigene Idee. Aber selbst wenn das Bühnenstück aufgeführt wurde oder nicht, ich hab' keine Ahnung. Vielleicht hat man nur die Grundidee übernom-

Der sechste Titel des Vorspanns.

men und die ganze Sache rundherum geändert – schließlich ist mir nie zu Ohren gekommen, daß das auf irgendwas basiert.

Anobile: Der Titel des Theaterplays ist in eine Zeile eingearbeitet, die Claude Rains im Film spricht (Anm. d. Verf.: Renault informiert Strasser, daß der Mörder der beiden Kuriere bereits bekannt sei, und er sagt: »There is no hurry. Tonight he will come to Rick's (indicating the cafe at the airport's edge) Everybody comes to Rick's ...«. Die Originalautoren sind im Vorspann genannt.

Bergman: Sie stehen im Vorspann?

Anobile: Ja.

Bergman: Ist das nicht ulkig? Mir ist das überhaupt nicht aufgefallen, selbst als ich den Film erst kürzlich wieder gesehen habe ...

Zitat Ende.

Dieses Interview ist ein eindrucksvoller Hinweis auf ein Naturgesetz, das sich einfach nicht herumsprechen mag, obwohl es ebensowenig zu leugnen ist wie die Erdanziehung oder die Tatsache, daß Hunde nun mal das Bein heben, wenn sie sich einem Baum oder ähnlichem nähern – Schauspieler und Schauspielerinnen interessieren sich für alles in der Welt, aber nicht für die Filme, die sie unsterblich machen.

Stars – vielleicht stammt dieser Ausdruck doch von dem deutschen (Un-)Tätigkeitswort starren ab? – sind äußerst schlechte Informanten, wenn es mal ausnahmsweise um die geistigen Urheber ihrer Rollen und nicht um ihre Hobbys, Diätmethoden, Stammfriseure oder kleinen Kokainpartys geht.

Ein bißchen mehr Hut ab vor dem Kreativen und Kreierenden tut gerade in einem Business not, in dem sich Show auf Klau so wunderbar reimt.

Drum noch eine Quellenforschung als Dreingabe.

Eine der imaginativsten und wuchtigsten Szenen von »Casablanca« ist die im wahrsten Sinne des Wortes Liederschlacht im »Café Américain«, als die Gestapodeutschen mit ihrer »Wacht am Rhein« von der »Marseillaise« der anderen Gäste zum Verstummen gebracht werden. Der Weltkrieg in der musikalischen Abstraktion. Die Demokratie singt den Faschismus wieder.

Allein wer diese Idee gehabt hat, hat »Casablanca« gemacht.

Wer? Murray Burnett und Joan Alison. »Diese Szene«, hat Murray später im Interview zu Protokoll gegeben, »war eigent-

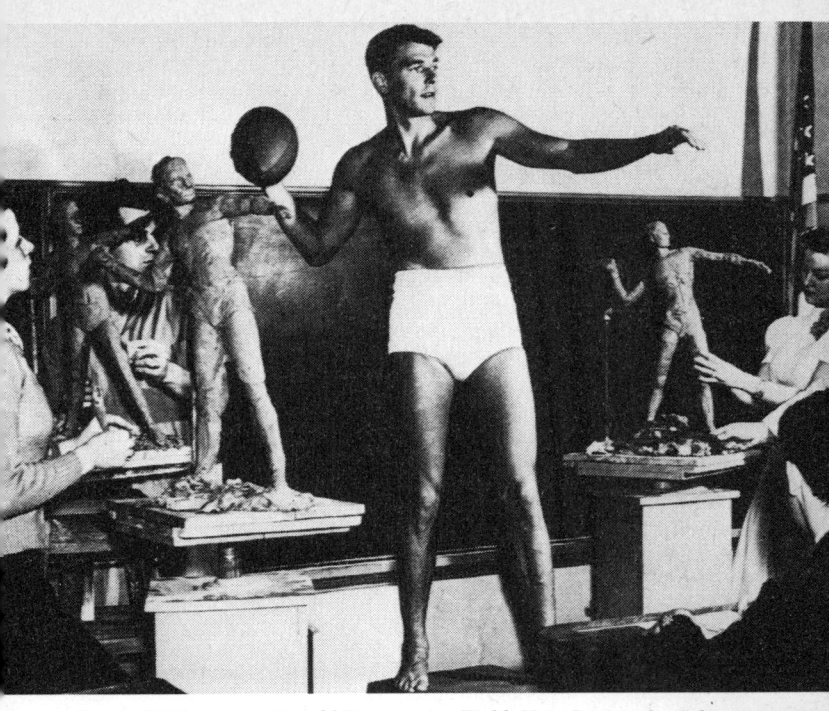

Bereits 1940 gewann Ronald Reagan eine Wahl. Vom Institut der Schönen Künste der Universität von Southern California wurde er zum ›Adonis des 20. Jahrhunderts‹ gewählt.

lich nicht geplant. Sie kam von alleine – war plötzlich da. Joan saß gebannt auf der Couch, und mir floßen die Tränen über das Gesicht, als ich die Worte in die Maschine tippte.«

Die Oscars kriegen immer die anderen.

Also weiter im chronologischen Text. Was tut sich nun am Warner Boulevard Nummer 4000 Anfang 1942?

Stimmt es, was die Zeitungen vermelden, daß Ronald Reagan im geplanten »WB«-Projekt namens »Casablanca« die Hauptrolle spielen soll? Eine Schweigeminute.

Erst heutzutage geht diese Nachricht so richtig wie ein eiskalter Schock rein.

IV.
Nicht Film, nicht Cinema – Movie!

Bevor heute jemand einen Kinofilm dreht, legt er erst einmal den hohen künstlerischen Wert seines Werkes fest und sich auf die Couch und wartet das Eintrudeln der staatlichen Zuschüsse ab, damit er mit Fug und Recht nicht an das dumme Publikum denken muß, wenn die erste und schließlich bald die letzte Klappe fällt. Ist der Film im Kasten, kriegt der Regisseur – wie jeder Beteiligter – ein Kopie, und er kann sich sein hohes künstlerisches Niveau zu Hause in seinem Kellervorführraum immer wieder vor Augen führen, wenn Besuch kommt.

Ein Film muß langweilig sein. Denn dann ist er automatisch ein Studiofilm. Studiofilme, die kein Publikum finden, aber dennoch immer wieder in irgendeinem Kinoprogramm auftauchen, werden gern Kultfilm genannt, aber das ist nur ein müder Trick. Wir leben in einer komischen Zeit.

Die Menschen, die nicht ins Kino gehen, finanzieren mit ihren Steuern die Filme, die sie nicht sehen wollen. Damit diese ungewollten Streifen dennoch in die Öffentlichkeit gelangen – zumindest pro forma! –, beteiligt sich das Fernsehen, das bekanntermaßen das Kino kaputtgemacht hat, an der Produktion und kann somit ideal die späten Stunden ausfüllen, damit das Volk am nächsten Morgen nicht übermüdet zur Arbeit kommt.

Die modernen Kinos sind derart zu kleinen Gemeinschaftszellen geworden, praktisch: Imbißbudengröße, daß man sich fragt, was soll das?

Die letzten Dinosaurier aus Zelluloid machen sich zum Sterben bereit.

Und wieder überlebt das kleine Getier. In den unzähligen Löchern und Schlupfwinkeln der Fernsehelektronik geht das Leben weiter. Und der Gang der Dinge mutet wie gottgewollt an.

Die heutige Generation ist in erster Linie zum Wiederkäuen verurteilt, was vergangene Generationen, speziell in Hollywood, angerichtet haben …

Das nennt man Entwicklung. Hollywood hat so viele Filme produziert, daß das Fernsehen für die nächsten Lichtjahre ausgesorgt hat. Und es ist demnach nur fair, daß der Filmemacher von heute gefälligst die Lücken auszufüllen hat, die es trotz der Megaquantität gibt – als da sind die bleiche Langeweile und Bewußtseinserweiterungen wie Feminismus, Homosexualität, Porno, 007 und Weltall.

Scherz beseite – natürlich bleibt Kino Kino. Nur eben nicht Dinosaurierkino. Kino ist auf normale menschliche Dimensionen geschrumpft. Gut so. Junge Leute werden immer ins Kino gehen, um raus zu kommen aus ihren Herkunftswohnzimmern.

Und vielleicht wird eine aktuelle Erfindung die goldenen »Heydays« von »Casablanca« sogar noch übertrumpfen. Das Pay-TV. Wenn das Pay-TV sogar mal weltweit möglich ist, dann geht Hollywoods Dinosaurierkapitalismus überhaupt erst los. Dann findet eine kommerzielle Auswertung eines Films in wenigen Stunden oder Tagen weltweit statt. Was früher in Millionen kalkuliert wurde, läuft dann in Milliarden.

Zurück in die Anfangsvierziger.

Hollywoods Black-and-White-und Technicolor-Moguln strategierten nicht mit der Ewigkeit, nicht mit der künstlerischen Zeitlosigkeit. Sie verkauften – in ihren Augen – leicht verderbliche Kost für ein paar Aufführungstage. Im Durchschnitt liefen ihre Filme in den Kinos zwischen Küste und Küste genau dreieinhalb Tage. In dieser Zeit entschied sich der Gesamtumsatz und vielleicht auch der Nebenbeitraum, neben dem Geschäfts- und Publikumserfolg womöglich eine Oscar-Nominierung oder sogar eine Oscar-Überreichung zu ergattern.

Und das war's dann auch.

Jede Woche pilgerten 85 Millionen Menschen, jung bis alt, im Amerika der Forties in ihre Motion-picture Theaters um die Ekke. In den damals 48 Staaten gab es 19 750 Lichtspielhäuser und Drive-ins (heute mit 50 Staaten gerade mal die Hälfte!). 20 Prozent ihres Budgets für Freizeitgestaltung gaben die Amerikaner für ihr heißgeliebtes Movie aus: genau 809 Millionen Dollar im Jahr. Durchschnittspreis für eine Eintrittskarte: 25,2 Cent. Und dafür gab's meist sogar gleich zwei Filme, das Double-Feature mit dem »A«- und »B«-Film, und das übliche Drumherum, das aus einem Zeichentrickfilm und der Wochenschau bestand. Hinzu die Extras wie Popcorn, Coke und Petting.

Einzige Konkurrenz in der organisierten Massenunterhaltung war das Dampfradio mit seinen Shows, Soaps und Comedies.

Hollywoods Mühlen klapperten am rauschenden Bach. Allein 1941 kamen insgesamt 492 Filme auf den Markt. Die Filmindustrie machte Überstunden. Metro Goldwyn-Mayer, Paramount, Warner Brothers, Twentieth Century-Fox, Columbia, United Artists, RKO und Universal waren die Mammutkonzerne mit eigenen Studios, eigenem Verleih und Vertrieb, und einige besaßen sogar ihre eigenen Kinoketten. Zwei kleinere Studios, das Republic und Monogram, spezialisierten sich auf Billig-Western, Billig-Klamauk und Billig-Piffpaffkrimis allein für die Sonntagsmatinee.

1941 war eines der erfolgreichsten Jahre für Warner Brothers. Bei einer Kinokasse von 102 Millionen US-Dollar sprang ein Nettoprofit von munteren 5 Millionen für die berühmten Brüder heraus, von denen nur noch einer lebte: Jack L. Warner. Ein Mann über ein Heer von Stars, Akteuren, Produzenten, Regisseuren, Drehbuchautoren und genau 3654 Arbeitern und Angestellten hinter den Kulissen.

Ein Mann, von dem es eine rührende Bogie-Story gibt.

Bei Sam Jaffe, Humphrey Bogarts Manager, klingelt das Telefon. »Jaffe«, sagt Warner, »dein Star hat sich gestern nacht reichlich daneben benommen.«

»Wirklich, J. L.?« reagiert Sam Jaffe vorsichtig. »Was ist passiert?«

»Du weißt, ich war auf dieser Party. Alle waren dort, und Bogart kam auf mich zu und sagte laut, damit auch jeder es hörte: ›J. L., du weißt schon, daß du ein Ekel bist?‹«

Jaffe packt viel Diplomatie in seine Stimme. »Nun, Jack, was habe ich damit zu tun? Ich manage seine Karriere, gewiß. Aber ich manage nicht sein Privatleben. Ich hab' nichts damit am Hut, was er gestern nacht gesagt hat.«

»Tja«, sagt Warner, »vielleicht redest du mal mit ihm. Ich finde das schrecklich.«

Am nächsten Tag telefoniert Jaffe mit Bogart. »Bogie«, sagt er, »J. L. hat mich angerufen. Er sagt, du hättest ihn Ekel genannt.«

»Ja«, bestätigt Bogie. »Hab' ich getan.«

»Aber warum?«

»Nun, weil er ein Ekel *ist«,* antwortet Bogie.

Durch die Bank sind sie Ekel, die großen Studiobosse. Errol Flynn kaufte sich in den Hügeln direkt über dem Warner-Studio-Gelände eine versteckte Villa, nur aus einem Grunde, wie er in Interviews gern zum Besten gab – »Ich kann mich da prima abreagieren, setz' mich an den Abgrund, nehme ein paar große Steine in beide Hände und sage mir, die könnte ich jetzt diesem ekelhaften Jack L. Warner auf den Kopf schmeißen ...« Mr. Flynn hat gewußt, warum er es nie wirklich tat.

Sie sind alle voneinander abhängig. Sie hassen sich, kommen aber gut miteinander beruflich aus, die Stars, die Filmleute, die großen Bosse. Dies ist der Humus, auf dem Superfilme wachsen. Bette Davis zerrt Jack L. Warner vor Gericht, wäscht öffentlich schmutzige Wäsche, und gleich danach kehrt sie zu ihm zurück und wird sein größter Star.

Man arbeitet nicht zusammen, weil man sich nett und sympathisch findet, sich gönnerhaft fördern möchte – wie es heutzutage in öffentlich-rechtlichen Fernsehetagen so üblich ist –, just der Mammon reguliert die zwischenmenschliche Koexistenz. Sie sind alle einander ausgeliefert, ob sie es mögen oder nicht, und dies scheint ein Geheimrezept für Höchstleistungen zu sein, so makaber das klingen mag.

Sammy Cahn, ein berühmter Musical-Textdichter dieser Ära, hat die Big Bosses auf eine Kurzpointe verdichtet: »L. B. Mayer, Goldwyn, Jack L. Warner – sie sind alle von der selben Sorte. Sie sind jüdische Gentlemen. Jeder von ihnen hat einmal in seinem Leben eine richtige Entscheidung getroffen – ich weiß zwar nicht, wie sie das geschafft haben. Aber das war, ins Filmgeschäft zu gehen ...«

Selbst diese Entscheidung fiel »J. L.« Warner in den Schoß. Die Warners waren schließlich ein Familienbetrieb. Ein Blick zurück im Warner-Clan. 1880 flohen Ben und Pearl Warner aus Polen vor den russischen Kosaken, um in Amerika ein neues Leben zu beginnen. Sie bekamen die vier magischen Warner-Söhne Harry, Albert, Sam und Jack. Erst handelten sie mit koscherem Fleisch. Dann hatte Sam plötzlich die Eingebung: 1905 kaufte er einen gebrauchten Filmprojektor für 1000 Dollar. In der friedlichen Kleinstadt Niles, Ohio, ließen sie in einer kleinen Bretterbude an der Hauptstraße die ersten stummen Bilder laufen. Zwei Jahre später betrieben sie bereits einen Filmvertrieb über Amerika-Ost. 1911 gründeten sie eine eigene Filmproduktion. In St. Louis drehten sie zwei Filme, mit Jack als Drehbuchautor und Sam als Regisseur. Weitere Streifen kurbelten sie alsdann in den alten Biograph Studios in New York, wo sie 1917 ihren Vertriebskonzern ausbauten. Rechtzeitig zogen sie nach Kalifornien um, mieteten ein bankrott gegangenes Studio in Los Angeles, dann ein anderes in Culver City. Am Sunset Boulevard bauten sie schon bald ihr erstes eigenes Studio – mit dem Firmenschild »Warner Brothers Pictures«.

Der Familienbetrieb war clever geteilt: Harry und Albert führten das Hauptquartier in New York, kommandierten die Finanzen. Sam und Jack managten die Studios, die Filme, die Praxis. Sie bauten die ersten großen Superkinos in New York und Los Angeles, schluckten die Vitagraph Company, kauften Hunderte von Lichtspielhäusern kreuz und quer im Lande auf – 1925! Ihr Imperium war gigantisch, aber finanziell immer am Rande des Ruins. Zwei Coups brachten sie im Nu aus den roten Zahlen heraus.

Der deutsche Schäferhund Rin-Tin-Tin, den sie in einer Serie von Filmen verhackstückten, machte Rekordkasse. Und sie starteten in ihrem Studio am Sunset Boulevard ihre Radiostation KFWB, um sich auch vom Ätherwellenkuchen das größte Stück zu nehmen. Durch ihren Rundfunksender kamen sie auf das Zauberwörtchen »Sound«. Es war Sam, der mit Western Electric und Bell Telephone Laboratories das Tonsystem Vitaphone entwickelte. Zu einem Zeitpunkt, als im Kino noch alles stumm war.

Jack produzierte den ersten Tonfilmvorläufer – »Don Juan« mit musikalischer Untermalung. Don Juan war noch still, aber die Schmusesongs zu seinen Schäferstündchen kamen bereits aus dem Lautsprecher. Premiere: 6. August 1926 in New York mit Furorekritiken.

Während Sam weiter an dem Vitaphone-System herumbastelte, begann Jack bereits mit den Dreharbeiten am ersten Tonfilm der Planetengeschichte, der Verfilmung des Broadway-Hits »The Jazz Singer« mit Al Jolson in der Titelrolle. Während dieser Drehzeit hatte endlich Sam seinen Vitaphone-Dreh heraus, und am 6. Oktober 1927 fand die Sensation des Jahrhunderts im New Yorker Premierenkino statt. »Der Jazzsänger« sang wirklich! Der Tonfilm war geboren!

Sam, der die Technik erfand, erlebte diesen Jubeltag nicht. Vierundzwanzig Stunden vor der Premiere starb er im Alter von 39 Jahren.

Jack L. Warner

Nun gab es nur noch Jack in Kalifornien – und nur noch Kassenerfolge. 1928 kaufte er sich hinter den Hügeln von Hollywood im San Fernando Valley das First National Studio in Burbank. Warner Brothers war nunmehr das größte Studio weit und breit mit der größten hauseigenen Kinokette, der Stanley Company of America. Jährlicher Ausstoß: 50 Filme. »J. L.«'s Handschrift – er verplemperte kein Geld mit arrivierten Stars, er griff sich lieber Unbekannte, packte sie in langfristigen Verträge und boxte sie ins Firmament.

Er hat sie gemacht: Bette Davis, Joan Crawford, Errol Flynn, James Cagney, Olivia De Havilland, Edward G. Robinson, Paul Muni, Joan Blondell, Dick Powell, Ruby Keeler, George Arliss, Ida Lupino, Pat O'Brien, Claude Rains, Barbara Stanwyck, Ronald Reagan, Ann Sheridan, Jane Wyman (Reagans erste Frau), George Raft, John Garfield, Raymond Massey, Alan Hale, Peter Lorre und … Humphrey Bogart!

Und er hat sie stets als sein persönliches Eigentum betrachtet. Als seine Ware Mensch, die er bestmöglich zu verkaufen hatte. Er verfügte diktatorisch über seine zweibeinigen Besitztümer, zwang sie in Rollen und Filme, wie es ihm paßte, und kurioserweise hat er fast alle von ihnen zu unsterblichen Legenden gemacht. Hätte es damals in Hollywood das demokratische Mitspracherecht gegeben, die künstlerische Mitbestimmung, gewiß wären weniger Selbstmorde geschehen, weniger Psychiater beschäftigt gewesen, aber jenes Hollywood wäre untergetaucht geblieben wie Atlantis. Ohne Stars und Starfilme …

Merke: Ein unmenschliches Arbeitsklima läßt Filmleute über sich hinauswachsen …

Die dollarvergoldete US-Variante des altdeutschen Künstlereinverständnisses, das da lautet: »Ein voller Magen denkt nicht gern.« Unsicherheit, Unzufriedenheit, Leid und Qualen powern den Menschen über sein Handwerk hinaus in die tröstenden Sphären der hehren, edlen Kunst.

Ein rundum glücklicher, harmonischer Mensch braucht das nicht, bringt das nicht.

Das Ekel »J. L.« braucht das ebenso wie seine Leute, und so kreiert er eine Erfolgswelle nach der anderen. Das Gangster-Movie mit Knittergesichtern wie Edward G. Robinson, James Cagney und Humphrey Bogart (»Little Cesar«, 1930, »Public Enemy«, 1931, »Scarface«, 1932). Das Music Movie (Die »Golddiggers«-Serie, 1933–38, »Footlight Parade«, 1933, »42nd Street«, 1933) mit Musicalstars wie Ginger Rogers, Dick Powell, Busby Berkeley, Joan Blondell und – James Cagney. Das Social Conscience Movie mit Paul Muni in »I Am a Fugitive from a Chain Gang«, 1932, Edward G. Robinson in »Confessions of a Nazi Spy«, 1939. Das Biographies-of-famous-Figures-Movie, zum Beispiel mit Paul Muni in »The Life of Emile Zola«, 1937. Immer rosiger werden die Bilanzen. Mit am rosigsten sind jene vom ausgelaufenen Jahr 1941, das 48 »WB«-Filme gebracht hat. Jack L. hat die Adleraugen für Talente. Nur die besten und teuersten Regisseure dürfen es sein: Howard Hawks, Mervyn Le Roy, William Dieterle, Frank Borzage, Ernst Lubitsch, Willie Wyler, John Huston und Michael Curtiz.

Und er geht mit der Zeit.

Stets waren sie leidenschaftliche Republikaner, die Brüder vom Warner-Clan, aber an dem Demokraten Roosevelt, der zum drittenmal in seinem Amt bestätigt wird, gibt es kein Vorbei. Also schwenkt Jack mit seinen älteren Brüdern in New York auf Roosevelt um. Im Nu ist J. L., wie er es selbst in seinen Memoiren ausdrückt, »ein persönlicher Freund vom Präsidenten«. Der Mogul vom Industriezentrum Hollywood sorgt sich um die Zukunft des Landes. Wie viele Unterhaltungs- und Zerstreuungsgroßhändler vor und nach ihm entdeckt J. L. tief in sich ein freiheitlich-demokratisches Verantwortungsgefühl und Sendungsbewußtsein. Er ist einer der ersten im Orangenstaat Kalifornien, der einsieht, daß man die Öffentlichkeit auf den kommenden Krieg einzustimmen hat. Bereits zwischen 1936 und 1941 dreht er so viele patriotische Kurzfilme, daß er allein in diesem Metier vier Oscars gewinnt.

Ab Ende 41 und Pearl Harbour gibt es grünes Licht für ein neues Genre. Das Kriegs- und Propaganda-Movie. Die »Why We Fight«-Welle.

Kein Projekt kommt deshalb für Jack L. Warner so gerufen – wie »Everybody Comes to Rick's« …

»Okay«, willigt er in seiner dezent brubbeligen Art ein, als ihm Hal Wallis mit »Rick's Café Américain«, den Flüchtlingsschicksalen, den Vichy-Vasallen, Gestapooffizieren, Widerstandskämpfern auf dem Präsentierteller von Französisch-Marokko kommt.

Okay, aber wer und was ist Hal Wallis?

Harold Brent Wallis, gerade 44 Jahre alt geworden, ist die graue Eminenz, Jack L.'s rechte Hand, die für die meisten Triumphe verantwortlich zeichnet, die Mr. Warner zugeschrieben werden. Hal B. Wallis, der Macher, der Motor, der die Ideen hat und umsetzt, von denen Jack L. Warner meint, daß er sie habe und umsetze.

Noch ein Flashback in eine typisch amerikanische Hollywoodkarriere hinein: Vom Laufburschen einer Immobiliengesellschaft in Chicago zum Superproduzenten der Heyday-Ära. Der tatsächliche »Erfinder« von Errol Flynn, Olivia De Havilland, Burt Lancester, Kirk Douglas, des Dean-Martin/Jerry-Lewis-Duetts und der Elvis Presley-Filme.

Ein Melodram für sich. Seine Mutter ist schwerkrank, Hal

kann nicht auf die ersehnte High School, er muß früh mit anpacken, damit die Familie über die Runden kommt. Er wird Laufbursche. Die technische Revolution reißt ihn mit, und Hal wird Handlungsreisender in Sachen Elektroheizöfen. Zwischen Missouri, Kansas und Nebraska lernt er das Verkaufen. Er ist gerade 20, steht vor verlockenden Aussichten in der Heizbranche, als er mit seiner Familie umziehen muß. Der Arzt verordnet seiner kranken Mutter das milde Klima von Kalifornien. Eine vernichtende Gegend für Elektroheizöfen-Vertreter.

Hal sattelt in Los Angeles auf Movies um. Überall schießen Kinopaläste aus dem künstlich bewässerten Wüstenboden. H. L. Gumbiner besitzt das Garrick Cinema in downtown L. A., Hal stellt sich unangemeldet bei ihm vor, redet ihn in Grund und Boden und wird im Handumdrehen Manager des Garrick. Ein kleiner Einblick in Hals geradezu vulkanische Fähigkeiten. Als Kinomanager, noch dazu von einem bedeutenden Flimmeretablissement, gerät er an Verleiher, an Produzenten – an Sam Warner. Der findet Gefallen an ihm und engagiert ihn.

Jetzt ist Hal B. Wallis dort, wo er schon immer hinwollte. Vertreter war er gezwungenermaßen gewesen, in erster Linie war er von Anfang an ein Kunstenthusiast, der jede freie Minute mit Bücherlesen und Stummfilmangucken verbrachte. Er hat das Leben, den Alltag draußen im Land studiert, das Verkaufen erforscht, im Garrick-Filmpalast hat die biologische Spezies Publikum unter die Lupe genommen, nun kann's losgehen!

Sein Mundwerk, so meint Sam Warner auf Anhieb, prädestiniert diesen Hal für die Publicityabteilung. Hal Wallis fängt als Assistent von Charles Kurtzman an. Binnen drei Monate schmeißen die Warner Kurtzman raus und machen Hal zum Chef. Sam und Jack Warner sind schon Workaholics aus dem Bilderbuch für Arbeitstiere, aber was der junge Mr. Wallis an Stressbesessenheit an den Bürotag legt, das bringt sogar Sam und Jack aus dem Staunen nicht mehr heraus. Achtzehn Arbeitsstunden täglich – für Hal ein Elixier.

Und Slogans bringt der.

Mit einer einzigen Formulierung hievt er Komödienkönig Ernst Lubitsch in alle Herzen – »The Lubitsch Touch«. Made by Hal B. Wallis. Er kennt die Leute, weiß, wie und wo man sie packt. Natürlich ist die Presseabteilung für ihn nur ein fröhliches Interim. Mitten ins Studio, da gehört er hin.

Hal B. Wallis

Nach Sams Tod ist Jack L. Warner auf sich allein gestellt. Er braucht einen Stellvertreter. Als er 1928 das First National Studio in Burbank kauft, macht er Hal B. Wallis zum Studiomanager und zwei Monate später zum Chefproduzenten.

Er ist 30 Jahre alt und am Ziel. Die Nr. 2 im »W.B.«-Planetarium, der Executive Producer mit der einflußreichen Doppelfunktion, die damals üblich ist. Produzent sein heißt nicht, die Kohle rüberschieben, sondern das oder jenes Projekt kreativ aus dem Boden stampfen, die Linie festlegen, die Leute auswählen, die dem Film das Gesicht geben ...

Aber J. L., das Ekel, sorgt für Überraschungen. Drei Jahre später, alles läuft prächtig, kommt Hal B. Wallis in sein Büro und reibt sich die Augen. Er schaut einem Arbeiter über die Schulter, der mit dem Schraubenzieher sein Namensschild von der Tür abmontiert. Einfach so ist er nicht mehr Warners Eminenz. Darryl Francis Zanuck, vier Jährchen jünger als er, rückt als Studio Production Head auf, der Schreiber der Rin-Tin-Tin-Schäferhundehäppchen.

Hollywoodalltag. Nur nicht aufregen. Hal bewahrt die Ruhe. So was passiert manchmal, allein um die Loyalität des Partners zu checken. Als er sanft Mr. Warner um eine Erklärung bittet, meint der nur, daß das doch vorteilhaft für ihn sein müßte – jetzt könne er hundertprozentig an der Produktionsfront stehen und müsse sich nicht mehr mit den abstrakteren Problemen der Administration herumplagen.

Hal nimmt seine Degradierung mit Demut hin und dreht aus Gnatz und Tollerei einen Supererfolgsfilm nach dem anderen, den Südstaaten-Sozial-Klassiker »I Am a Fugitive from a Chain Gang« mit Paul Muni, »Scarface: The Shame of the Nation«, ebenfalls mit Paul Muni, und das Showgirls-Musical »Gold Diggers of 1933« mit Ginger Rogers und den irrsten Tänzen.

1934 geht sein Loyalitätsstrapaziertest zu Ende. Rin-Tin-Tin-Zanuck schießt in den Wind, um sein eigenes Weltreich zu gründen: sein Twenthieth Century-Fox. Hal B. Wallis wird wieder der Boss hinter dem Boss und beaufsichtigt nicht länger mal den, mal den Streifen, sondern alles, was im First National Studio surrt.

Hal schaltet wieder um auf 18 Stunden-Tag. In den kommenden sieben Jahren ist er für 371 Filme verantwortlich, für 86 Oscar-Nominierungen und 35 Oscar-Überreichungen, er steigert die Gewinne um das Zehnfache.

Wer so gut spurt, darf Sonderwünsche äußern. Und Ende 41 äußert sie Mr. Nr. 2. Unter der Warner-Flagge möchte er jährlich nebenbei ein paar ganz persönliche Filme realisieren. Er darf über alles frei verfügen, was zu »W.B.« gehört, hat bei jeden Filmstoff die erste Entscheidung, und diese Alleingänge innerhalb des Konzerns darf er im Vorspann sogar noch in großen Lettern »A Hal B. Wallis Production« nennen.

Knapp sechs Wochen lang handelten die Warner- und Wallis-Anwälte den Spezialvertrag aus, den es bis dato noch nicht in Hollywood gegeben hat.

Jack gibt ihm großzügig sämtliche Freiheiten.

Und sofort der erste Solocoup wird einer der zehn umsatzträchtigsten Filme des Jahres 1942: »Now, Voyager« mit Bette Davis, Paul Henreid, Claude Rains, ein Tränendrüsendrücker um eine unterdrückte Jungfer, die zum Leben und zur Liebe erwacht. Kritiker Stephen H. Scheuer: »Das Beste dieses Genres! Da kommt heute keiner mehr ran!«

Im Dezember 41 hat er diese 117 Minuten lange Seelensülze gerade in der Mache. Ganz glücklich ist er mit ihr nicht. Für seine Alleingänge schwebt ihm eigentlich etwas Spektakuläreres vor, nicht Movie-Normalkost ...

Sonntag, 7. Dezember: Hal B. Wallis, geschafft von der Bette-Davis-Flennerei, sucht ein bißchen Abwechslung auf der Ranch seines Freundes Michael Curtiz beim Tontaubenschießen. Mit von der Partie im Sonnenschein sind die miteinander verheirateten Warner-Stars Ann Sheridan und George Brent.

Und auf einmal stürzt John Meredith Lucas, der Stiefsohn von Michael Curtiz, aus dem Haus und berichtet aufgeregt, was im Radio durchgegeben wurde: Die Japaner bombardieren Pearl Harbor.

Hal B. Wallis weiß im selben Augenblick, was der Filmstoff der Stunde sein muß. Am Montag im Büro ruft er einige Agenten und Drehbuchautoren an, um den Stein ins Rollen zu bringen, er braucht was Brandaktuelles – wer hat das Script, die Idee, die zu den News und Headlines paßt?

Tage später liegt das dicke, gebündelte Ding auf seinem Tisch, das harmlos »Everybody Comes to Rick's« heißt, und Stephen Karnots Sechs Sekunden-Aufriß hypnotisiert ihn förmlich.

Kein Projekt kommt für Hal B. Wallis so gerufen – wie »Everybody Comes to Rick's« ...

Als er das Story-Department anweist: »I want it«, meint er damit wirklich sich selbst. Die Hal B. Wallis Production. Sein Film, in den ihm niemand reinreden darf.

Sogar »Ekel« Jack nicht!

Während er an Bette Davis' schönstem Schnulzchen dreht, der »Rick's«-Stoff noch gar nicht gekauft ist, ist Hal bereits in

»Here's looking at you, kid« . . . Bogies Liebeserklärung ist eigentlich nicht übersetz- und synchronisierbar.

Gedanken nur bei seinem zweiten Streich. Er läßt die Stars vor seinem inneren Auge Revue passieren, die für die Besetzung in Frage kämen, er sucht nach einem zündenden Titel, er überlegt, ob das Thema nach Technicolor oder Schwarzweiß schreit. Was er in den Hollywoodzeitungen kurz darauf liest, hilft ihm überhaupt nicht weiter.

Gerüchte-News tauchen automatisch auf, wenn ein Stoff gekauft wird. Meist sind es die Publicityagenten der im Artikel genannten Schauspieler, die per Öffentlichkeitskampagne dem grübelnden Produzenten bei der Rollenbesetzung auf die Sprünge helfen wollen, nach dem Motto: Wie wär's mit …?

Zwei Gerüchte halten sich wochenlang.

Das Branchenblatt »Box Officer Barometer« beruft sich auf sichere Quellen und berichtet »exclusiv«, daß bei Warner Bros. ein neues Melodrama in der Planung sei, Schauplatz Nordafrika, Regisseur und Drehbuchautoren seien noch nicht benannt, dafür jedoch die drei Hauptdarsteller: Ronald Reagan, Ann Sheridan und Dennis Morgan …

Der »Hollywood Reporter« pokert mit zwei anderen »W.B.«-hauseigenen Stars – mit George Raft und Hedy Lamarr.

In seinen späteren Interviews hat Hal B. Wallis unmißverständlich erklärt, daß er vom ersten Augenblick an nur zwei Namen ernsthaft in Betracht zog.

Humphrey Bogart und Ingrid Bergman.

Als er dies Jack L. erzählt, reagiert das Ekel höhnisch. »Wer in Dreiteufelsnamen will diesen Bogart küssen?« knurrt der Herr vom Warner-Clan und schüttelt sich.

Aber Hal läßt sich nicht abbringen von seiner Fährte. Dies ist sein Film. Basta.

V.
»Wenn Regisseur tot, duschen nicht!«

Noch heute wird gern kolportiert, daß »Casablanca« ursprünglich als »Käseblanca« geplant und angegangen wurde. So einer der vielen billigen »B«-Streifen mit bescheidenem Budget und noch bescheidenerem Niveau. Und dann wäre ein Wunder geschehen, alle Beteiligten hätten sich übernommen, seien über sich hinausgewachsen, Gottes Gnade währte just fünfzig Drehtage lang, Handwerker mutierten zu Künstlern, professionelle Dollarscheffler mutierten zu begnadeten fernsichtigen Mäzenen, und das, was sie filmten, wurde Kunst. Kult. Dauergreen in jedem Off-Kino, in jedem Fernsehprogramm der westlichen Halbkugel.

Stimmt nicht. Hal B. Wallis geht nämlich sein zweites Alleingangprojekt an, seine ambitionierte, persönliche Spielweise unter der »W.B.«-Flagge. Dieser Fakt muß jede Munkelei verstummen lassen.

Die Sache mit »Rick's«, das ist für Hal klar, hat topper als top zu werden. Geld, die besten Leute, keine Diskussionen. Dieser Film wird spannendes, mitreißendes Movie mit politischem, patriotischen Feeling, Unterhaltung mit ein bißchen mehr. Hoffentlich wird er in allen Kinos der Vereinigten Staaten laufen, dreieinhalb Tage, möglicherweise sogar ein paar Tage länger, hoffentlich wird das Ding Gesprächsthema, Bogie & Bergman Amerikas Sehnsuchtspärchen, vielleicht fallen noch einige Lorbeerkränze bei der Oscarverleihung oder bei den anderen Beliebtheitswahlen ab. Tja, das wär's.

Im Hollywood von 42 kalkuliert man nicht mit der Ewigkeit. Mach das Beste draus, bedeutet nicht, mach das Göttliche daraus. Aber das perfekt verkäufliche Movie, das lehrt die Erfahrung, ist das gute Movie, mit löblichen Idealen, Problemen und Situationen und mit einem Quentchen l'art pour l'art. Ein bisserl mehr darf's schon sein, aber nur ein bisserl. Zielgruppe ist die Familie, die sich eineinhalb Stunden amüsieren soll, gebannt, hingerissen, von den Socken! Und Hollywoods hohes »C« wird ja nicht von ungefähr kommen.

Das »Casablanca«-Jahr ist das Jahr von: »Blood and Sand« (Ein Remake des Valentino-Oldies mit Tyrone Power, Nazimova, Anthony Quinn und Rita Hayworth – ein Stierkämpfer intim), »Blossoms in the Dust« (Eine Lady, die gerade Mann und Kinder verloren hat, findet Waisenkind), »Citizen Kane« (Voilà, Orson Welles' Kultfilm für alle Zeiten), »Dumbo« (Walt Disneys Zeichentrick-Cult-Movie um den kleinen Elefanten mit den großen Ohren, der fliegen lernt), »Fantasia« (Noch ein Walt Disney – »A classic of brilliant kitsch!« jubelt Kritiker Stephen H. Scheuer), »Here Comes Mr. Jordan« (Ein Boxer wird Opfer eines Flugzeugabsturzes, aber die himmlischen Mächte suchen für ihn einen neuen Körper, damit er weiterboxen kann. Total-Fantasy, ein paar Jahre später von Ernst Lubitsch unter dem Titel »Heaven Can Wait« erneut verfilmt), »Hold Back the Dawn« (mit Charles Boyer und Olivia de Havilland – ein ungewöhnliche Romanze: Boyer will de Havilland heiraten, um in die Vereinigten Staaten einzuwandern), »How Green Was My Valley« (Robuste Bergarbeiter-Soap-Opera mit Maureen O'Hara), »The Little Foxes« (Zankteufel- und Drachendrama in schönster »J. R.«-und-Alexis Carrington-Vorwegnahme mit – na, wem wohl? – Bette Davis at her best), »The Maltese Falcon« (Dritte Verfilmung des Dashiell-Hammett-Knüllers um Privatdetektiv Sam Spade – mit Humphrey Bogart, Mary Astor, Peter Lorre, Sydney Greenstreet: einer der besten Privatdetektivfilme aller Zeiten), »Meet John Doe« (mit Gary Cooper und Barbara Stanwyck – ein Tippelbruder kommt in die Schlagzeilen, weil er mit Selbstmord droht, um gegen die Schlechtigkeiten dieser Welt zu protestieren. Regisseur Frank Capra mixt Liebeskomödie mit knallharter Analyse des latenten Faschismus im zeitgenössischen Amerika), »One Foot in Heaven« (Ein Pfarrer und sein liebend Weib – Fredric March und Martha Scott), »The Philadelphia Story« (Verwöhntes Multimillionärstöchterchen sehnt sich nach Liebe – Katherine Hepburn, Cary Grant und James Stewart, 1956 als »High Society« im Cole-Porter-Musicalgewand mit Grace Kelly, Bing Crosby und Frank Sinatra neuverfilmt), »The Road to Zanzibar« (Die witzigste »Straße« aller »Roads« – mit Bob Hope und Bing Crosby auf dem Dschungelfilm-Parodie-Trip), »Sergeant York« (Gary Coopers erster Oscar, Weltkrieg-I-Rühre), »Sun Valley Serenade« (Sonja Henie läuft Eis, Glenn Miller läßt sweet blasen, und die Familie freut sich), »Suspicion« (Cary Grant, Joan Fontaine: Gattin bildet sich ein, ihr Gatte würde sie zum Morden gernhaben – erster Treffer vom Mordregisseur Alfred Hitchcock) und so weiter ...

Wie gesagt, 85 Millionen Menschen strömen allwöchentlich ins Dunkle ihres Kinos in der Nachbarschaft, um im Kinosessel mal kurz abzuheben, wegzufliegen.

Diese Hausse an Nachfrage reguliert das Angebot.

Und dieser Hausse, die Hal B. Wallis als Elektroheizofen-Drücker, als Lichtspielhausmanager und Pressechef wie die Luft zum Atmen inhaliert hat, stellt er sich, als er »Everybody Comes to Rick's« in Angriff nimmt.

Erst mal muß der richtige Titel her. Die Story spielt in Nordafrika. Vor vier Jahren gab es einen Kassenreißer mit Charles Boyer und Hedy Lamarr, der trug den Titel »Algiers«. Pépé le Moko, ein Pariser Gangster, versteckt sich im Schloß des Sultans und wird von einer geheimnisvollen Zuckerfrau fatal vernascht. Nordafrikanische Städtenamen sind »in«.

Warum nicht einfach den Titel – »Casablanca«?

Gebongt. Zumindest erst mal als Arbeitstitel. Farbe? Schwarzweiß? Hal B. Wallis denkt an die Wochenschauaufnahmen, mit denen das Publikum seit langem konfrontiert wird, keine Ausgabe ohne Adolf Hitler, Mussolini, Kriegsszenen, Flüchtlingstrecks. Die Gegenwart des zweiten Weltkriegs findet für die Amerikaner in Schwarzweiß statt. Die Wochenschauen sollen in den Film hineinführen. Technicolor würde wie eine eiskalte Dusche sein.

Hal B. Wallis entscheidet sich für die Farbe des Realismus, für Farbe ohne Farben.

Ablauf wie üblich. Aus dem Theaterstück muß ein ordentliches Drehbuch geschrieben werden. Dann kann er mit den Kopien die Stars angehen, und die Produktion steigt, die Kalkulation, die Bauten.

Bis Anfang April dreht Humphrey Bogart an »Across the Pacific« unter John Huston. Also könnte »Casablanca« ab Mitte April starten.

Hal ruft die Zwillingsbrüder Epstein zu sich. Julius und Philip sind respektierte »W.B.«-Drehbuchautoren, ihr Leinwandtriumph »Four Daughters« von 1938 ging sogar in Serie, ihr Name steht für Raffinesse, sprühenden Witz. Und die Sprache des

Originals ist sophisticated. Unter allen Umständen möchte Hal B. Wallis diesen Stil beibehalten.

Die Epsteins sind von dem Projekt begeistert. Hal gibt ihnen ein paar Richtlinien mit auf den Weg. Für die Rolle der Lois Meredith sieht er Ingrid Bergman, die strahlende Unschuld vom schwedischen Lande, also, bitte, Lois Meredith, ursprünglich Amerikanerin und Tramp, umfrisieren. Auch etliche Rollennamen gefallen ihm nicht. Vichy-General Weygand, dessen Unterschrift in den Transit-Briefen prangt, klingt ja wie ein Deutscher. Gibt es da nichts Französischeres?

Der französische Polizeipräfekt Rinaldo. Unmöglich. Wie kann der einen italienischen Namen tragen?

Bei Rick Blaine sollen sie an Humphrey Bogart denken.

Noch was?

Einer der Zwillinge, der genau wie der andere aussieht, zieht die Augenbrauen hoch. In ein paar Tagen müßten sie beide nach Washington, D. C., um mit Frank Capra an ein paar Propagandastreifen zu arbeiten, und wie lange sich das hinziehen würde ...

Hal B. Wallis akzeptiert so was nicht: »Der Tag hat 24 Stunden, in Washington schreibt ihr ›Casablanca‹ vor und nach der Arbeit, im März brauch' ich das Script!«

Einige Tage später, es ist die Januarmitte, fliegen Epstein und Epstein nach Washington, ohne Salär, nur aus reiner Vaterlandsliebe suchen sie mit US-Major Capra, Chef der Filmabteilung des Kriegsministeriums, die filmischen Antworten auf die Frage der Nation »Warum kämpfen wir?«.

Jeden Morgen um sechs Uhr brüten sie über »Casablanca«. Und sie fangen mit dem Frisieren an. Lois Meredith wird zu Ilsa Lund. Luis Rinaldo zu Louis Renault. Und weil manchmal Automarken den besten Merkeffekt haben, nennen sie Rick Blaines Kollegen vom Nightclub »Blue Parrot« schlichtweg Señor Ferrari. Erster kleiner Schönheitsfehler, den aber niemand merken wird: Warum der Name italienisch und die Anrede davor spanisch? Warum nicht Signor Ferrari? (Der noch dazu gar kein Italiener ist, sondern schön korrekt Fez trägt und keinen Tropfen Alkohol trinkt, also ein rechter, braver Moslem und Marokkaner ist.)

Morgens um sechs ein dicker Hund: Die Epsteins suchen einen zündenden Namen für die Transit-Briefe. Wie soll der Nazi-Vasall heißen? Kurzerhand taufen sie General Weygand in General de Gaulle um. General de Gaulle machen sie zu Adolf Hitlers Marionette!

Ausgerechnet der Mann, der in England die freie, französische Gegenregierung anführt, der die Vichy-Kuscher bekämpft, wird in »Casablanca« zum NS-Opportunisten. Niemand wird diesen tragischen Fehler merken. Um so peinlicher: Die gesamten Dreharbeiten von »Casablanca« werden später von US-Major Robert Aisner, War Department, Washington, als fachlicher Berater super-»weist«. Aber unverändert bleibt de Gaulle auf der Feindesseite …

Julius und Philip Epstein straffen die Geschichte und verwandeln die Amerikanerin Lois Meredith, die Rick Blaine liebt und umgekehrt, in die Norwegerin Ilsa Lund, alles Routine …

Noch ein Schönheitsfehlerchen mit archäologischem Appeal sei vermerkt. Im Original ist die Heldin (Ingrid Bergman) Amerikanerin. Und von daher kommt auch der rührend-originelle Dialog, zwei Liebende in Paris, die ausgemacht haben »Keine Fragen«, und Rick Blaine fragt sie plötzlich: »Was hast du vor zehn Jahren gemacht?« – Ilsa Lund antwortet: »Da wurden meine Zähne gerichtet!« … Well, die teuflischen Zahnspangen für die Kinder, die mal später wie Hollywoodstars lächeln können sollen, sind eine rein amerikanische Institution in den 30er Jahren. Kein Kind in Norwegen trägt in dieser Zeit so was Brutales. Diese Winzigkeit beweist, daß Epstein & Epstein gerade mal den Namen und die Nationalität geändert haben. Das Gesprochene lassen sie zum Glück unangetastet.

Währenddessen hat im fernen Hollywood Hal B. Wallis einen prachtvollen Einfall. Jede noch so kleine Nebenrolle in »Casablanca« will er prominent besetzen, anders herum: wenn es für einige Filmlieblinge keinen geeigneten Part gibt, wird einfach einer dazugeschrieben.

Über den geeigneten Regisseur braucht er sich nicht den Kopf zu zerbrechen.

Da gibt es für ihn nur diesen eigenartigen, seltsamen, leicht verschrobenen, schrulligen, schlichtweg total verrückten Michael Curtiz, der von der Filmerei befallen ist wie von einer unheilbaren Krankheit.

Alle denken, Michael Curtiz sei ein guter Regisseur wie viele andere. Hal B. Wallis weiß, er ist der beste!

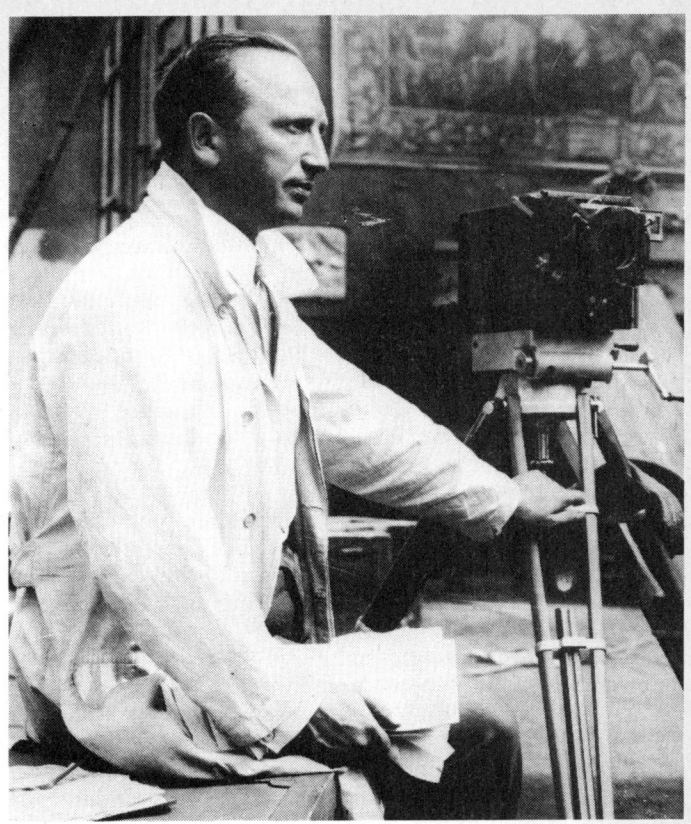

Michael Curtiz

Workaholics halten zusammen …

Jack L. Warner, untersetzt und rundlich, bewundert Hal B. Wallis, untersetzt und rundlich. Und wen bewundert Hal? Michael Curtiz.

Hakennase, rank und hochaufgeschossen, athletisch durchtrainiert. Die sportive Giraffe unter den Grubenpferden von Movie-City.

Fünf Stunden Schlaf pro Tag sind ihm Verweichlichung genug. Punkt sechs Uhr – das hat nichts mit dem Weckerklingeln der Epsteinzwillinge in Washington zu tun – hechtet er in den Pool seiner Ranch »The Grove«, danach hechtet er in den Sattel seiner Rennpferde. Wenn er morgens die Warner-Hallen betritt, hat er das normale Trainingspensum eines olympischen Goldmedaillengewinners in den Knochen.

Was braucht er noch zum Glücklichsein?

Eine Stunde Duschen mit eiskaltem Wasser, ohne das darf kein Tag sein.

Er ist Polosportler, Tontaubenschütze, aber das alles wird schnell langweilig, alles ist langweilig, was nicht Filmen ist. Er hält sich fit, um bei der Arbeit noch fitter zu sein. Denn auch Michael Curtiz ist einer, der höchst ungern aus freien Stücken das Studio, den Schreibtisch verläßt. Vor dem Umfallen schmeckt der Feierabend nicht. Auf der Bahre nach Hause, okay, das ginge noch, aber einfach so?

Ein hemmungsloses Arbeitstier.

Einmal flitzt Hal B. Wallis kurz mal zu ihm rüber ins Büro, hört die Dusche zischen, ruft: »Mike!«, Mike antwortet nicht, er stürmt ins Bad, reißt den Duschvorhang zur Seite, da liegt er im prasselnden eiskalten Wasser und rührt sich nicht. Entsetzt will ihn sich Hal greifen, schlägt an seine Wange, rüttelt ihn.

Michaels Augen springen auf. »Was ist?« fragt er, als würde unten im Studio ohne ihn weitergedreht.

»Du hast mir einen Mordsschrecken eingejagt, Mike. Ich dachte schon, du wärst tot«, zischelt Hal vorwurfsvoll.

Der lange Recke kommt schnell wieder auf seine Beine, stellt sich zurück unter den peitschenden Strahl und ruft demonstrativ und laut: »Wenn Regisseure tot, duschen nicht!«

An dieser Pointe zeigt sich dreierlei: Michael Curtiz ist derart am Rabotten, daß er sogar unter der eiskalten Dusche ein friedliches Schlummerchen hinlegt, Michael Curtiz weist einen höchst eigenen Witz auf, Michael Curtiz spricht gepflegtes Gastarbeiteramerikanisch.

Heißt errr sich doch auch in Wirklichkeit Mihaly Kertész.

Ist sich Ungarrrr, geborrren Budapescht, Heiligabend 1892.

Einer seiner berühmten Standardsätze – »Ich habe den schikken Ehrgeiz, die Armut zu überleben!« (Hier hätte er statt terrific lieber terrible sagen sollen) – erklärt sich biographisch. Er verlebte seine Kindheit in Armut, er war 14, als die Familie nach Wien zog, vier Schwestern, drei Brüder, Vater Zimmerer, Mutter opernbegeistert.

Als Junge kam er zum Theater, wurde Komparse, aber nicht wegen der Illusionen von Ruhm und Trug, sondern ganz lapidar wegen der Bezahlung. Mit 16 schloß er sich einem Wanderzirkus an, wurde Artist auf dem Trampolin. Drei Jahre tourte er durch Europa. Die bescheidene Gage sparte er, damit er sich schließlich als Selfmademann in der k.u.k.-Schauspiel- und Kunstakademie einschreiben konnte. Er studierte Schauspieler, klassisch und zeitgenössisch, und wurde schon bald nach Budapest, Berlin und anderen großen Städten engagiert.

In Ungarn kam er mit der flüggewerdenden Filmkunst in Berührung. Die Mimerei interessierte ihn wenig, dafür die umgerechnet 200 Mark Gage die Woche, und weil es keinen Regisseur in der kleinen Firma gab, sprang er in diese Lücke.

In seinen Interviews klingt das interessanter. O-Ton Michael Curtiz 1948: »Ich gehen mit primitive Gesellschaft. Diese Zeit für mich Film war nebenbei. Also, ist hier kein Mensch im Studio, der Schauspielern sagt die Geographie. So, ich helfe aus, somit Schauspieler stoßen nicht zusammen.«

Er sagt Geographie und meint Choreographie.

Dann fährt Mihaly nach Schweden zum berühmten Regisseur Joseph Sistrom, beeindruckt ihn, wird sein Regieassistent und Mitte 1914 Regisseur im Swenska Biograph Studio.

Der erste Weltkrieg ruft ihn heim zu den Waffen, er wird an der russischen Front schwer verwundet, kommt, kaum geheilt, zu einer Spezialeinheit, die Propagandafilme herstellt. Die kommunistische Revolution beendet seinen Militärdienst.

Der lange Ungar geht nach Berlin, arbeitet zwei Jahre in den UFA-Studios, trifft Ernst Lubitsch und Fritz Lang, die er irgendwann in Hollywood wiedertreffen wird. Michael filmt so international, daß er einsieht, daß es für ihn zwecklos ist, fremde Sprachen zu lernen. Er rabottet bei Sascha-Film in Budapest, Cinema Eclair in Paris, bei Torino-Film in Italien und Gaumont British in London.

Mihaly Kertész beherrscht in jenen Stummfilmdekaden das Optische, er hat ein Talent für Massenszenen, für biblische Monumentalfilme. Sein Opus »Moon of Israel«, das sich um die zehn Gebote handelt, wird sein Schicksal.

Harry Warner, der Präsident vom Warner-Clan, der Älteste der glorreichen Vier, reiste 1926 nach Europa, wurde auf den langen Ungar aufmerksam gemacht und erlebte ihn bei den Dreharbeiten an »Moon of Israel«. Seinem Bruder Jack ließ er eine Kopie schicken, und er empfahl, doch diesen hochaufgeschossenen Kerl in die Warner-Familie zu holen. Jack war von der Kopie beeindruckt und holte Mihaly ins Land der unbegrenzten Möglichkeiten. Anfangslohn: 180 Dollar die Woche.

In seiner Autobiographie »My First Hundred Years in Hollywood«, 1964 im Random-Verlag erschienen, schildert Jack Warner, wie aus Mihaly Kertész Michael Curtiz wurde:

»Harry versprach Curtiz große Pressekonferenzen und einen Galaempfang in New York, und er wies ihn an, eine kurze Rede auf Englisch auswendigzulernen. Als das Schiff den Hudson zum Kai hochdampfte, begleiteten sie Feuerlöschboote, die hohe Fontänen über sie spritzten, am Ufer spielte eine Kapelle Marschmusik – und der Himmel erstrahlte in bengalischem Licht, Raketen krachten, heulten. Mike war so überwältigt, daß er weinte. »Äh, dieses Amerika!« rief er außer sich. »Was für ein wundervolles Willkommen für den großartigen Michael Curtiz. Und dazu diese Varner Brossers. Ich liebe alle fünf auf einmal!!!«

Jack schreibt weiter, daß Harry vorsichtig Mike aufklärte, aber nur über die korrekte Anzahl der Warner-Brüder, nämlich vier, daß dieser triumphale Empfang nicht ihm galt, nein, das zu sagen, brachte Harry Warner nicht übers Herz.

Michael Curtiz' Ankunft in den USA war genau mit dem Jahrestag der Unabhängigkeitserklärung zusammengefallen, dem 4. Juli!

1928 kam sein erster »W.B.«-Film in die Kinos – »Noah's Ark«. Eine verblüffend künstlerische Vision. Curtiz stellt darin biblische und Weltkrieg-I-Situationen einander gegenüber. Die Warners sind so begeistert, daß sie ihn sofort für den nächsten Film verpflichten, der ein paar Dollar-Etagen höher veranschlagt ist: »Mammy«, ein Tonfilm in abendfüllender Länge mit Al Jolson und in – Farbe! 1930, wohlgemerkt!

»Mammy« wird Mikes erster Box-office-hit.

In den folgenden neun Jahren kurbelt der hakennasige Ex-Ungar mit dem Kaltwassertick vierundvierzig Filme herunter. Alles querbeet in Rekordzeit. Musical, Komödie, Familien-

Michael Curtiz (rechts) bei den Dreharbeiten zu ›Olympia‹ mit Maurice Chevalier und Sophia Loren.

schinken, Melodrama, Thriller, Western. Der ideale Regisseur für den Warner-Clan und für das alte Studiosystem. Michael Curtiz hat Talent, ist keiner anderen hörig als der unersättlichen Lady Arbeit, und er ist in jedem Genre zu Hause.

Er macht seine Hausarbeiten mit furchterregendem Eifer. Als er seinen ersten Gangsterfilm drehen soll, verbringt er seine karge Freizeit nur noch in Gerichtssälen, im Büro des Staatsanwalts, er kriegt sogar die Genehmigung, sich von den offiziellen Stellen wie ein echter Straftäter in die Mangel nehmen zu lassen, und für eine Woche geht er sogar in den Knast.

Wie sagt er so schön über die Rechte und die Verantwortung

des Regisseurs? – »Er sollte sich nicht in die Arbeit anderer einmischen, aber er sollte der letzte Richter der Richtigkeit sein.«

Und packt der Bursche aus Budapest seine erste Prärieoper an, so verwandelt er sich im Nu zum Kenner der texanischen Geschichte, studiert jedes Buch über den Lone Star State, das er finden kann. Wenn die Kamera surrt, weiß er mehr über die Gebräuche, Kostüme und Alltäglichkeiten des guten alten Texas als mancher Texaner.

Er ist der erste Regisseur, der einen farbigen Horrorfilm inszeniert – »The Mystery of the Wax Museum«, 1933, der zwanzig Jahre später in Drei-D mit Vincent Price wiederaufersteht. Er dreht den ersten Film mit Bette Davis (»Cabin in the Cotton«). Die meisten seiner Auswürfe sind zweite Wahl, entsprechend der Warner-Strategie: wenig Geld, wenig Zeit und hübsch die Kassen klingeln lassen!

Michael Curtiz spurt.

Prinzipiell benutzt er immer dieselbe Studiomannschaft. Er ist der erste auf dem Set in Herrgottsfrühe und der letzte in der Nacht. Die Mittagspause verbringt er damit, daß er unruhig im Studio auf und ab geht, ungeduldig das Ende der Pause erwartend, daß endlich die Schauspieler und die Crew zurückkehren!

Die eine Stunde Lunch ist sein ständiges Ärgernis.

Zu Bette Davis sagt er einmal: »Wenn du für mich arbeiten, du brauchst nicht Lunch, nimm einfach eine Aspirin …«

Er kniet sich so in seine Arbeit hinein, daß er immer wieder die Mittagspause vergißt. Wer ihn dann vorsichtig daran erinnert, wird von ihm wüst beschimpft und »Freßarsch« gerufen.

Die Eßgewohnheiten seiner Darsteller zieht er sogar künstlerisch in Betracht. Stets knapp vor den Futterpausen dreht er die Liebesszenen.

O-Ton Michael Curtiz: »Wenn Schauspieler Hunger, er ist großer Liebhaber.«

Bei den Dreharbeiten zu »Four Daughters« hat Claude Rains – der spätere super-superbe Capitaine Louis Renault in »Casablanca« – dem Regisseur, der fortwährend die Mittagspause überging, einen eleganten Denkzettel verpaßt.

Auf dem Set, der gerade dran war, installierte er eine Feueralarmglocke. Er stellte sie auf den Beginn der Lunch-Hour ein.

Mitten in die Szene schrillte sie los. Das vollkommene Chaos. Alles stand kopf, Leute rannten in alle Richtungen davon, um dem Inferno des vermeintlichen Feuers zu entgehen, einige wenige machten sich an die Suche, woher der Alarm kam.

Claude Rains griff die versteckte Alarmanlage, hielt sie sich prüfend vor die Augen, dann sagte er in seiner trockenen Art: »Großer Gott im Himmel, das muß die Mittagspause sein!«

Das ist ja mal klar – den Michael Curtiz liebt niemand (abgesehen von Hal B. Wallis und Jack L. Warner). Aber das beruht auf Gegenseitigkeit. Mit dem sogenannten Hollywoodleben kann Mike nichts anfangen, solange er nicht darüber einen Film drehen soll, mit den großen Stars noch weniger. Ein Reporter schreibt Anfang 40: »In seinem Kopf und seinem Herzen hat Curtiz nur leere Filmspulen.«

Nicht übertrieben formuliert.

Hier die Story, die Hal B. Wallis gern zum Besten gibt:

Große Dinnerparty auf der Curtiz-Ranch »The Grove«. Mitten im Essen beendet Curtiz die plappernde Unterhaltung um sich herum, er springt auf die Beine, befiehlt seinen Gästen, sich ebenfalls zu erheben und zur Seite zu treten. Dann legt er eine

Captain Louis Renault alias Claude Rains.

neue Sitzordnung fest, und er arrangiert sogar den gedeckten Tisch neu. Mit beiden Händen formt er vor seinen Augen einen Motivsucher, er treibt jeden einzelnen Gast an, »Jawohl, da haben Sie zu sitzen – so ist das perfekt!«

Weil ihm das Geschwätz der Leute auf die Nerven ging, ist er auf seine Weise »geflohen« und hat einfach die Szenen des folgenden Tages durchprobiert – auf seiner eigenen Fête!

Aber auch außerhalb seiner Ranch scheint er die Wirklichkeit am liebsten zu ignorieren.

Während einer Eisenbahnfahrt in den Osten verursacht er helle Aufregung im Speisewagen, weil er, ähnlich wie daheim, die Gäste herumkommandiert und – die Hände als improvisierten Motivsucher vor den Augen – herumscheucht, wie es ihm ins Bild paßt. Kurioserweise widersetzt sich niemand seinen Regieanweisungen.

Das ist allerdings auch damit zu erklären, daß er durchtrainierter Athlet ist.

Im Knaststreifen »20000 Years in Sing Sing« beruhigt er den ein wenig verschreckten Spencer Tracy mit den tröstenden Worten: »Nicht nervös sein. Ich bin laut, aber niemals bös'!«

Überhaupt kann er eine Gattung Mensch nicht verknusen: Schauspieler.

Bei »Black Fury« gerät er an Paul Muni, dem zu dieser Zeit besten Schauspieler Amerikas. Aber Michael Curtiz verkraftet nicht die übertriebenen, theatralischen Gebärden des Mimen, der einen einfachen Bergarbeiter darstellen soll, der die Streiks in den Kohlenminen anführt. Verzweifelt versucht er den Akteur zu bremsen. Paul Muni widersetzt sich seinen Anweisungen. Daraufhin nennt ihn Mike einen Schmierenkomödianten.

Empört stellt sich der Darsteller in Pose: »Vielleicht wissen Sie nicht, Mr. Curtiz, daß ich dreißig Jahre auf der Bühne gestanden habe …«

»Das«, fällt ihm der Geradeaus-Ungar ins Wort, »ist das Problem, Mr. Muni.«

Für die Schauspieler ist er der ständig aufbrausende Hitzkopf, ist er humorlos und vulgär. Bette Davis erinnert sich an ihn als »ewig wütenden Mann«.

Schon aus einem Grund ist er verhaßt. »Er ist der einzige in den Warner-Studios«, so heißt es, »der noch niemals über Jack Warner eine sarkastische Bemerkung losgelassen hat.«

Michael Curtiz ist zwangsläufig ein Menschenschinder beim Drehen. Damit der Termin eingehalten wird, kennt er kein Pardon. Alles, was ihm dann bei der Arbeit über die Lippen geht, ist nur rein unfreiwillig komisch.

Seine Gastarbeiteramerikanismen, Curtizisms genannt, sind der Hit am Warner Boulevard 4000.

Errol Flynn, den er mit »Earl Flint« anredete, rief er einmal zu: »Du bist hin von dieser Frau. Laß mich das Geklingel in deinem Auge sehen!« Er meinte natürlich das Funkeln.

Niemals versteht er, warum das ganze Studio sich halbtot lachen muß, wenn er etwas Vernünftiges äußert. Einmal jedoch fallen ihm die Schuppen von den Augen. Auf einem Tonband, das den Schauspielern zum Memorieren vorgespielt wird, ertönt seine Stimme mit einem Haufen Regieanweisungen. Verblüfft läßt er sich immer wieder das Band vorspielen. Dann seufzt er: »Ich verstehe mich nicht! Nicht eine Silbe! Jetzt wird mir klar, warum die anderen Leute mich nicht verstehen ...«

Aber solche Momente der Einsicht sind rar.

»Sagen Sie irgend etwas Witziges, Mr. Curtiz!« So wird er stets von den Reportern angesprochen. Einmal erwiderte er ins Mikro eines Rundfunkmannes hinein: »Ich sage etwas Witziges, einverstanden. Ich sage ein Wort mit drei Buchstaben, das mit ›f‹ beginnt ...« Der Interviewer hielt das Mikrofon weit weg, und Curtiz nannte das obszöne Wort, daß ein bißchen wie Nebel klingt.

Die schönste Pointe hat David Niven verewigt. Er nahm sie als Titel für seine Lebenserinnerungen: »Bring me an empty horse!« Mit diesem Kommando verlangte Michael Curtiz während einer Schlachtszene nach einem reiterlosen Pferd. »Bringt mir ein leeres Pferd!«

Sich Ruhe im Studio ausbittend, formuliert er einmal: »Jeder, der was zu sagen hat, bitte den Mund zu.«

Den Dresseur eines Hundes weist er an: »Hund sollte bellen von links nach rechts!«

Rührend diese Szene: Mit der gesamten Filmmannschaft fährt er zu Außenaufnahmen in die Wildnis, mühsam einen Berg hinauf, und kaum sind sie angekommen, ist das Wetter entsetzlich. Keine Chance zum Drehen. Daraufhin wendet er sich voller Vorwurf den Schauspielerinnen und Schauspielern zu und macht sie für das Wetter verantwortlich. »Ihr Hurenköpfe! Ihr sauft und sündigt jede Nacht hindurch, und jetzt kommt der Herrgott und läßt sich an mir aus ...«

Michael Curtiz über Michael Curtiz: »Ich habe ein Ziel. Den besten Film zu machen, den ich kann, damit er dem Publikum den Gegenwert ihres Geldes gibt. Mir zu gefallen, soviel wie möglich, ohne zu vergessen, daß das Vergnügen meines Publikums Vorrang hat. So nur zu tun, daß ich denke, ich kann zur Kunst des Films jeglichen wesentlichen Beitrag machen.«

Er macht der Filmkunst wesentlichen Beitrag, um in seinen Worten zu sprechen.

Michael Curtiz erfindet den Glyzerintrick. Die Sache mit der Scheibe vor der Kameralinse, die, mit Glyzerin besprüht, dem Zuschauer den Eindruck vermittelt, er würde das Bild wie durch Tränen sehen.

Immerhin gilt er als Pionier des Kamerawagens und des Zooms.

Er ist der Fummler vom Dienst. Jack L. Warner glaubt zu spinnen, als er eines Tages das Studio inspiziert. Michael Curtiz dreht an »The Gamblers«, einem Streifen über Aktienspekulanten. Da ihm die Szenen auf der Börse zu statisch sind, hat er ein kompliziertes Ding bauen lassen, eine Art Tretmühle. Jack L. Warner starrt auf die Plattform, auf der sich Kameramann, Kamera und Michael Curtiz drehen. »Hören Sie mit dem Unsinn auf!« brüllt der Big Boss. »Verlassen Sie das Studio!« brüllt der Regisseur zurück und filmt weiter.

Als die Muster vorgeführt werden, kommt Jack L. Warner aus dem Staunen nicht heraus. Er trommelt sämtliche hauseigenen Regisseure zusammen, um ihnen dieses Beispiel von Genialität zu demonstrieren.

»Michael Curtiz«, so ein zeitgenössischer Kritiker, »ist ein Meister des Tempos und der Bewegung. Seine Kamera macht Tote lebendig.«

Kameraschwenk zurück auf Hal B. Wallis, der voller Ungeduld auf das Drehbuch der Epsteins wartet.

Ohne ihn konkret auf »Casablanca« anzusprechen, hat er mit Michael Curtiz über das Thema Kriegs- und Propagandafilme gesprochen, und da hat der Ex-Ungar eine sehr gute Meinung zu geäußert. »Also, so eine Nationalflaggen-Kocherei würde kein Interesse für mich haben«, sagte er kategorisch. Aber falls er doch so etwas machen müßte, dann nur unter einer Bedingung:

Michael Curtiz erklärt eine neue Kamera.

»So viel Kunst reinpacken, wie das Publikum das gerade standhalten kann!«

Über die Vorgänge in Europa ist keiner so auf dem laufenden wie Mihaly Kertész.

Denn drei Heimatvertriebene, die er vor Adolf & Co in Sicherheit gebracht hat, leben mit ihm, seiner Frau und seinem Stiefsohn auf seiner Ranch: seine Mutter und zwei seiner Brüder.

Vor vier Jahren brachte er sie mit prominenter Hilfe aus Budapest raus. Jack L. Warner unternahm nämlich eine Europareise, und ihn bat er, seiner Familie in Ungarn die Augen für die bevorstehenden Verhältnisse zu öffnen. Er gab ihm das Geld für die Flüge mit. Und tatsächlich. Mr. Warner glaubte man, was ihm bislang niemand ernsthaft abgekauft hätte. Mama und seine beiden Brüder wanderten zu ihm aus, zu einem Zeitpunkt, als das Auswandern noch ein rein touristisches Vergnügen war.

Wenn jemand »Rick's Café Américain« von Grund auf verstehen und erfühlen kann, dann Mihaly alias Michael Curtiz.

Im März weiht ihn Hal B. Wallis in das Projekt ein, das unter der Flagge »Hal B. Wallis Production« laufen wird. Er gibt ihm das Epstein-Drehbuch, Curtiz nimmt es mit nach Hause, geht damit ins Bett und ist begeistert.

Nichts haßt er mehr als Helden in der Standardausführung. Rick Blaine trifft genau in sein Herz. Zynisch, sarkastisch, mysteriös. Mit so einem Typen, so überschaut er rasch, macht ihm sogar das Spaß, was ihm sonst »bis hier« steht – nämlich die großen Liebesromanzen.

Und er notiert sich sofort, was er im Script vermißt. Noch mehr Heimatvertriebenenschicksale drumherum. Mehr Szenen außerhalb des Cafés, also in den Basaren, in den Straßen von Casablanca.

Dann kommt ihm das Grundmuster überholt vor. Jetzt, wo Amerika mit in den Krieg zieht, muß die Brutalität der Nazis und der Vichy-Vasallen unmißverständlich hervorgekehrt werden. Im Film müssen Wochenschauaufnahmen eingeblendet werden, um das Schicksal der Flüchtlinge dokumentarisch anzuprangern.

Am nächsten Morgen fragt ihn Hal nach seiner Meinung.

»A fine motion picture«, antwortet Michael Curtiz fehlerfrei.

»Findest du das Buch okay?«

Curtiz weicht aus. »Vell, Hal, das Szenarium ist nicht der Weisheit letzter Schluß – aber wir haben die Fakten, so zu tun …«

Leise wird Curtiz etwas deutlicher: »Wir müssen ein neues Drehbuch haben.«

Hal B. Wallis nickt. Genau das hat ihm auch Humphrey Bogart gesagt.

Curtiz sieht den irritierenden Gesichtsausdruck seines Produzenten. Er tröstet ihn. »Keine Sorge«, sagte er, denn er kombiniert spontan, daß sich natürlich Hal ein neues Drehbuch sparen möchte, »die Lücken sind überhaupt nicht schlimm. Ich mach', daß alles so schnell läuft – niemand wird was merken ...«

Aber dann rückt er doch wieder mit der Sprache heraus. Das Script ist einfach nicht gut.

Es fehlt ein Bösewicht. Ein Contra, das das Gefühl der Bedrohung auslöst und steigert. Capitaine Louis Renault ist dafür nicht tauglich, dafür ist sein Humor auch zu trocken und zu herrlich.

Michael Curtiz empfiehlt, die Figur des Gestapomajors auszuweiten – Heinrich Strasser als Sinnbild des ganzen augenblicklichen Horrors. Der Schluß der Handlung gefällt ihm nicht. Auch ist ihm Rick Blaine zu seicht. Berühmter Rechtsanwalt in Paris, mit Frau und Kindern, jetzt geschieden und in Casablanca. Da fehlt was, gibt der lange Ungar zu bedenken.

Die Zeit ist verdammt knapp.

Hal B. Wallis hat keine Wahl. Er muß »Casablanca« neu schreiben lassen, von einem Autoren, der alle ihre speziellen Wünsche berücksichtigt, heute den Auftrag erhält und am besten gestern schon liefert.

Ein Mann kann das. Howard Koch. Seine Visitenkarte: »The Sea Hawk« mit Errol Flynn, Claude Rains, Michael Curtiz (Regie) und »The Letter«, nach einem Drama von Somerset Maugham, mit Bette Davis.

Ein sechsundzwanzigjähriger Könner.

Hal B. Wallis hat keine Ahnung, was er sich da einbrockt. Die Epstein-Zwillinge können den jungen Howard Koch nicht akzeptieren, der junge Koch hält die Zwillinge für wenig kompetent, an jedem Sonntag machen Hal und Michael auf Michaels Ranch Buchbesprechungen, von allen Seiten flattern Änderungen, Zusätze, Umfrisierungen auf Hals Schreibtisch, mit dem Effekt, bis zum ersten Drehtag wird kein ordentliches Drehbuch fertig sein, und mit der anderen Begleiterscheinung, niemals wird später mal festgestellt werden können, wer genau was genau zur »Casablanca«-Story beigesteuert hat.

Es lebe das systematische Durcheinander.

Noch was – natürlich sprechen Julius Epstein & Philip Epstein nicht mit Howard Koch und umgekehrt.

So werden Filme für den Olymp geschrieben.

Ein komisches Chaos. Murray Burnett und Joan Alison im Luxusappartement für Jet-setterinnen hoch über Manhattan. Ein Berufsschullehrer macht sechs Wochen Urlaub, auch von seiner jungen Ehe, träumt vom Broadway. Am Broadway haut nichts hin, weil Theaterheldinnen in den Augen der Co-Produzentin nicht mit Helden auf der Bühne ins Bett gehen dürfen, um zwei Transit-Briefe zu ergattern. New Yorks Moral 1941. Die Agentin gibt nicht auf, schickt das Play an eine Filmgesellschaft. Und dort sind alle begeistert. Ein Chefproduzent wittert seine Alleingangchance. Alle wittern ihre Vaterlandspflichten. Hollywood dient Roosevelt. Der Demokratie. Ist doch klar. Pearl Harbor hat »Everybody Comes to Rick's« brandaktuell gemacht. Nun heißt es »Casablanca«.

Und hinten und vorne stimmt es nicht. Das erste Drehbuch ist gerade mal ein Entwurf, um die Kalkulation aufzustellen und andere Preproduction-Vorbereitungen zu erledigen. Für ein zweites reicht die Zeit nicht aus. Dann, so projektiert Hal, der zweite Mann im »W.B.«-Imperium, muß eben geschrieben und gedreht werden, wär' auch nicht das erste Mal, Hauptsache nur, die Autoren sind immer dem Drehen um eine Drehbuchseite voraus …

Warum dieser Stress?

In Kriegszeiten kann hochbrisanter Kriegszeitenstoff verteufelt kurzlebig sein. Jeden Augenblick können neueste News aus Nordafrika aus der Story um Rick Blaine die Luft rauslassen. Abgesehen davon ist es leicht möglich, daß der Großteil der Studiocrews der allgemeinen Mobilmachung zum Opfer fällt.

Eine gewisse Panik hat auch die kalifornische Küste ergriffen.

Wenn die Japaner Pearl Harbor, die Hawaii-Inseln, angreifen konnten? Warum dann nicht als nächstes den Orange State mit seinen gigantischen Industriezentren?

Jack L. Warner, »W.B.«'s J. L., kontert mit schwarzem Humor. Auf das flache Dach eines seiner Studios läßt er in riesigen Buchstaben den freundlichen Hinweis anbringen »Lockheed hier lang«, inklusive Pfeil, damit japanische Bomber nicht aus Versehen in die Aufnahmen platzen. Übrigens findet Lockheed diesen Gag wenig amüsant und veranlaßt, daß Warner den Tip für feindliche Touristen überpinseln läßt. Warner revanchiert sich, kommandiert die kompletten Studiomannschaften in die Lockheed-Flugzeugwerke, und sie helfen mit, den gesamten

Konzernkomplex mit grünfarbenen Tüchern »wegzuzaubern«.

Die Oscarverleihung fällt aus, wird auf Februar verschoben.

Die größte amerikanische Tragödie: Das Rose Bowl Football-Endspiel wird gestrichen, findet Monate später nicht wie üblich in Pasadena, sondern im fernen kleinen Nest Durham, North Carolina, statt. Man hat einfach Angst, daß 100000 Menschen auf einem Fleck eine zu große Versuchung für die japanischen Militärs darstellen.

Was kann alles passieren, daß man in Amerika an alles andere Schreckliche denkt – als an Flüchtlinge in Französisch-Marokko?

Was kann geschehen, daß jäh »Casablanca« überholt ist?

Hal B. Wallis kämpft nicht gegen den Terminkalender, gegen die Zeiger der Uhr. Er kämpft gegen die Zeit, gegen die Ereignisse. Die Seligkeit der Grubenpferde.

Genaugenommen sind Hal B. Wallis und Michael Curtiz, die Workaholics vom Warner Boulevard, in ihrem Element.

VI.
Die Darsteller kommen

Bogie für die Hauptrolle zu gewinnen, ist kein Problem.

Er dreht gerade unter der Regie von John Huston das Lustspielabenteuer »Across the Pacific«, in dem die drei von dem Supererfolg »The Maltese Falcon« wieder zusammenkommen: Bogie, Mary Astor und das Sympathie-Schwergewicht Sydney Greenstreet.

Hal B. Wallis macht einen Antrittsbesuch auf dem Set, erzählt Humphrey Bogart von »Casablanca«, und daß er sich nur ihn in der Hauptrolle vorstellen könne. Bogart zeigt sich interessiert.

Er möchte eine Kopie des Drehbuchs. Wallis rückt mit der Sprache heraus, daß das noch nicht verfügbar sei, die Epsteins tippen noch drauf rum. Aber was anderes: Ingrid Bergman werde sein weibliches Gegenüber sein …

Das geht dem 41jährigen dezent untersetzten Knautschgesicht rein wie Honig.

Seit dem »Malteser Falken« ist er in die Frauenlieblingecke aufgerutscht. Sonst war er stets der einsame Gangster, der mit der Oberlippe beim Sprechen anstieß und mal auf dem elektrischen Stuhl, mal in der Gaskammer oder am Strang endete oder schlicht abgeballert wurde.

Jack L. Warners Vernichtungsmeinung hing ihm lange an. »Bogart ist nicht aus dem Holz, aus dem Stars geschnitzt werden«, verfügte das »Ekel« und gab viele Jahre lang seinem Vertragsschauspieler keine Chance, nur kleine, dumme Rollen.

Seit dem »Falcon« rutschte Bogies Wochen-Gage von 500 auf 3500 Dollar hinäufchen.

Viel wichtiger: Das Publikum reagiert auf ihn. Genauer: die W-e-i-b-e-r …!

Sein romantischer Kurs gefällt ihm. Mit Mary Astor fing es vielversprechend an, obwohl sie schon vom älteren Semester war, blond und hübsch, aber eben der Typ Comeback.

Was nun der Wallis auftischt, klingt nach Frühling. Ingrid Bergman ist taufrisch. Naturblond, Schwedin, 23 Jahre, talen-

Humphrey Bogart in seinen besten Jahren.

tiert, sauna-gepflegt, die heilige Jungfräulichkeit nordeuropäischer Waldvölker ausstrahlend …

Good ol' Bogie – voll drauf auf »Hal B. Wallis Production«.

Aber als er dann das Script der Zwillinge bekommt, hält er sofort den Daumen auf die empfindlichsten Stellen. Er macht Hal klar, daß ein ein neues Drehbuch her muß. Das Stück, so argumentiert Humphrey Bogart, ist unverkennbar zu einem Zeitpunkt verfaßt worden, als Amerika noch nicht in den Krieg eingetreten war, also müsse man jetzt mit den Nazis nicht so zimperlich umgehen.

Rick Blaine ist ein Typ nach seinem Geschmack, eine einsame Hyäne mit einem staubtrockenen Witz und einem schwarzen Freund. Aber ab der Romanzenstory gefällt er ihm nicht mehr. Er ist zu weinerlich, der Softie! Der muß einen anderen Background haben. Ein knallhärteres Korsett. Bloß nicht berühmter Rechtsanwalt mit Frau und Kindern. Und nur weil ihm die holde Liebe auf und davon ist, spielt er den Zyniker im eigenen Saft?

Rick braucht mehr Substanz, sagt Bogart. Kopfnicken des Chefproduzenten. Howard Koch sei schon unterwegs, der habe politisches hellwaches Bewußtsein, junger Autor aus New York, der habe den Realismus im kleinen Finger, starke Dialoge, der komme zur Sache, auf den Punkt.

Schön – mit Humphrey Bogart geht alles klar.

Aber mit Ingrid Bergman …?

Vom ersten Augenblick an, als Hal B. Wallis in die Story von »Everybody Comes to Rick's« eingetaucht war, hatte er dieses holde Wesen aus Stockholm vor Augen.

Richtiger gesagt: Er wollte gar nicht wahrhaben, wen Rick im Original liebte, eine Landsmännin. Globetrotterin wie er selbst? Schon der Name: Lois Meredith. Nein. Dieser Part war für Ingrid Bergman, und es würde ein leichtes sein, Lois Meredith umzufrisieren.

Auf Ilsa Lund …

Bevor Hal B. Wallis irgendwelche Vorbereitungen anging, begann er bereits mit seiner rührenden Buhlschaft um Ingrid.

Ein Film für sich.

Mit der umsichtigen Sensibilität eines unsterblich Verliebten geht er auf die Pirsch.

Die Bergman engagiert man nicht wie all die anderen, wo man anruft und sagt: »Morgen wird gedreht!« Mit der Bergman verhält es sich so, als ob man in eine glückliche Ehe eindringt.

Ingrid Bergman ist der ganz persönliche Besitz des großen Produzenten David O. Selznick, eines freien, unabhängigen Holywoodmoguls mit eigenen Studios in Culver City, der der

ganzen US-Nation noch immer mit seinem »Vom Winde verweht« in den Knochen sitzt. Vor drei Jahren, 1939, holte er sie
von Schweden zu sich. Er wollte sie zum Superstar aufbauen,
aber bisher hat er sie mit vier Filmen in drei Jahren, was unfaß-

Paul Henreid und Ingrid Bergman.

bar wenig ist, gerade mal zum Geheimtip der Incrowd, der Branche gemacht.

Dies macht Hal B. Wallis heiß.

Gewiß doch bereitet dies ein Vergnügen, einem anderen Studio den Geheimtip zu entreißen und ihn dort ins Firmament zu hieven, wo ihn der Big Boss von der Konkurrenz nicht hinkriegt.

Die Regeln des allgemeinen Liebeslebens, des Bäumchen-Wechsle-dich-Spiels, des Ausspannens trifft auch auf den Alltag der rundlich-untersetzten Hollywood-Giganten zu. Mit dem Eigentum des Rivalen einen Furorefilm zu drehen, kommt der leidenschaftlichsten Eroberung gleich, die einem mit einer verheirateten Frau gelingt.

Damit derartige unterschwellige Absichten nicht erkannt werden, muß man ganz schön geschickt vorgehen, um keinen Verdacht zu erwecken.

Hal geht ran.

Hal macht Selznick den Hof. Bei Kinopremieren, auf exklusiven Partys scharwenzelt er um Selznick herum, streichelt ihn phonetisch, wo er nur kann, schmeichelt seiner jungen, hübschen »Gattin«, oh, pardon, das geht zu weit, gemeint ist seine Entdeckung und Vertragsschauspielerin Ingrid Bergman, und dann läßt er nebenbei die Andeutung fallen, daß er die perfekte Starrolle für sie habe.

Selznick wird hellhörig.

Was Hal nicht wissen kann, was er nur ahnen und fühlen kann, wie es jeder Liebhaber tut, der sich mit voller biologischer Berechtigung in eine Frust-Ehe einmischt und weit geöffnete Türen einrennt – Ingrid ist frustriert. Was hat sie sich von Hollywood erwartet. Selznick ist ja okay, aber er zerredet jedes Filmprojekt, weil er es zu gut mit ihr meint. Sie soll den Superfilm kriegen, doch sie hat das Gefühl, daß sie sich dumm und dämlich warten kann …

Wenn es nach ihr ginge, würde sie jedes Angebot nehmen, nur um zu arbeiten, um nicht länger herumzusitzen.

»Schick mir doch mal das Drehbuch rüber«, sagt Selznick, als ihm Hal B. Wallis bei der nächsten Party wieder mit seiner Starrolle für Ingrid Bergman kommt.

Darauf ist Hal vorbereitet. Es gebe kein Drehbuch, meint er achselzuckend, denn es werde augenblicklich von Warners Topautoren auf Ingrid Bergman begnadetes Talent zurechtgeschnitten.

Allmählich lockt er Selznick aus der Reserve.

Just kommt etwas dazwischen. Paramount plant die Verfilmung von Hemingways »Wem die Stunde schlägt«. Gary Cooper in der Hauptrolle. Wer soll die Maria verkörpern?

Ingrid ist von dieser Rolle besessen und sie gönnt ihrem Herren und Gebieter kein ruhiges Sekündchen. Selznick zweifelt nicht, daß diese Maria seiner Ingrid den Oscar und damit den triumphalen Durchbruch bringen würde. Aber Selznick ist nicht Paramount.

Also fängt auch er das Buhlen an. Aber er buhlt tatsächlich wie ein Ehemann, der auf der Verliererseite steht. Selznick arrangiert ein Zusammentreffen zwischen Ernest Hemingway und Ingrid, und der große Liebhaber spanischer Stierkämpfe schreibt der blonden, zarten Schwedin in das Buchexemplar, das er ihr ans Herz drückt, folgende Widmung: »For Ingrid Bergman, who is the Maria of this story«.

Die Presse pulvert die Nachricht raus.

Und Paramount freut sich ja auch über die zusätzliche Publicity für »For Whom the Bell Tolls«, aber läßt sich nicht in ihr Zeug reden. Maria ist Spanierin und keine Schwedin. Wenig später veröffentlicht die Presseabteilung, daß Vera Zorina die Rolle der Maria übernimmt. Ein schwerer Schlag für Selznick. Er hat nichts gegen Vera Zorina. Aber sie ist auch nicht die wahre Spanierin. Vera ist das Töchterchen norwegischer Eltern, die in Berlin lebten.

Aber Selznick ist ein Fuchs. Mit der Hemingway-Geschichte gibt er nicht auf, wer weiß, was noch bei den ersten Drehtagen passieren kann. Unverändert wird er weiterboxen für seine Ingrid. (Um die Pointe vorwegzunehmen – in der Tat »versagt« Vera Zorina beim Drehen, und Ingrid Bergman wird doch noch als Maria engagiert, buchstäblich, als es bereits zu spät ist. Es ist viel spekuliert worden, daß hinter Vera Zorinas »Versagen« Selznicks Macht und Einfluß stand, vielleicht sogar ein medikamentöses Attentat ...)

Paramount hat ihm eine Ohrfeige versetzt, alle Hoffnungen hat sich Ingrid gemacht – wie soll er ihr das nahebringen, daß er allem Anschein nach gescheitert ist, ihr den Mariatraum zu erfüllen?

Geht ein Projekt in die Hose, muß schnell ein anderes her. Diese »Casablanca«-Geschichte. Jack L. Warner, von Hal B. Wallis in Bewegung gesetzt, unterbreitete ihm erst kürzlich ein verführerisches Angebot. Wenn er seine Bergman herausrücke, könne er dafür mit Warners Olivia de Havilland rechnen ...

Selznick ruft Wallis an. »Wo bleibt dein Drehbuch?«

Hal B. Wallis, der das mit Paramount weiß, spürt, daß er gewonnen hat. Selznick schiebt seine schwedische Lady rüber. Noch immer ist das Drehbuch nicht fertig. Hal macht einen ungewöhnlichen Vorschlag.

Wie wäre das: Ein schönes Esserchen mit ihm und Ingrid, und das Drehbuchautorenzwillingspärchen Julius und Philip Epstein erzählen aus dem Handgelenk die Story?

Ist doch viel plastischer als bedrucktes Papier.

Selznick willigt ein. Man geht lunchen, und die Epsteins, die erst ein Drittel ihres Scripts fertiggeschrieben haben, improvisieren wild drauf los, daß ja Selznick, ja Bergman vor Entzükken kreischen.

Zuvor haben sie von Hal mit auf den Weg bekommen, sie könnten alles erfinden und vorbluffen, was sie wollten, Hauptsache, Selznick würde vor Begeisterung abheben.

Die Epsteins geben sich alle Mühe. Aber David O. Selznick löffelt an seiner Suppe, gabelt und messert an seinem Hauptgang, nippt am Glas, schaufelt am Desserteis herum, ohne aufzublicken. Als das Menu und die Darbietung zu Ende sind, klatscht Selznick in die Hände und sagt zu Hal die klassischen sieben Worte: »That's all I need. You've got Bergman!«

Aber er kann nicht verhehlen, daß seine Ingrid wenig begeistert ist von der ganzen Sache um Rick Blaine. Ihr Herz hängt an Hemingway, das Buch hat sie vor etlichen Jahren gelesen, da muß man ihr nicht beim Essen was erzählen, das ist eine Story, auf die Amerika wartet, genauso wie Amerika auf »Vom Winde verweht« gewartet hat. Als es kurz danach kleine Diskussionen mit Ingrid gibt, meint David O. Selznick tröstend: »Eines ist in jedem Fall klar und abgemacht – du wirst herrliche Kostüme tragen und vorteilhaft gefilmt ...«

Nebenbei macht Selznick einen Reibach. Er handelt sich für einmal Ingrid Bergman zweimal Olivia de Havilland ein.

Der Vertrag, der Ingrid Bergman in Ilsa Lund verwandeln wird, trägt das Datum 24. April 1942.

Ein kritischer Punkt, der Hal B. Wallis noch viel Kummer bereiten wird: Die Bergman steht höchstens acht Wochen zur Verfügung. (Warum? Weil Selznick fest mit »Wem die Stunde schlägt« rechnet ...)

Fünfzehn Tage vor dem ersten Drehtag, so ein anderer Passus, muß Miss Bergman in Kenntnis gesetzt werden.

Gage – Hal B. Wallis hat an Selznick pro Woche 3125 Dollar zu löhnen, ob sie vor der Kamera steht oder nicht.

Somit steht der endgültige Drehbeginn fest. Montag, 25. Mai. Bis Mitte Mai filmt Humphrey Bogart an »Across the Pacific«, ein paar freie Tage reichen ihm, hat er versichert. Wie es so läuft – der 10. April war der erste offizielle Starttermin gewesen. Aber wegen Ingrid & Bogie hatte er diesen Termin rasch vergessen müssen. Die beiden entscheidenden Hauptdarsteller sind unter Dach und Fach.

Bei den übrigen braucht Hal B. Wallis nur in den großen »W.B.«-Topf zu greifen. Da wird es keinen Ärger geben. Denkt Hal B. Wallis.

Victor Laszlo, der strahlend idealistische tschechische Widerstandskämpfer, der Mann an Ilsa Lunds Seite, als sie ins »Café Américain« und damit wieder in Rick Blaines Leben tritt – das ist für ihn Paul Henreid, Amerikas »neuer Charles Boyer«.

Hal selbst hat ihn für seinen ersten »Hal B. Wallis«-Alleingang »Now, Voyager« entdeckt und aufgebaut, zusammen mit Bette Davis, und dieser Streifen befindet sich immerhin auf der Top-ten-Liste von 42.

Paul Henreid, Sohn des Baron von Henreid zu Triest in der alten k.u.k.-Monarchie, nach jäher allgemeiner Verarmung in Wien aufgewachsen, ist der Typ europäischer Liebhaber, von dem jede Amerikanerin mit oder ohne Lockenwickler beim Shopping träumt.

Und mit einer grenzenlos obszönen Frivolität hat sich Paul in die Herzen des schwachen Geschlechts geradezu eingeätzt. Er selber kam bei den Dreharbeiten von »Now, Voyager» drauf.

Laut Drehbuch soll er Bette eine Zigarette anbieten. Was macht er, der Filou? Er zieht zwei aus der Packung, propft sie sich beide zwischen die Lippen, zündete sie sich an, und dann reicht er ihr die eine bereits Gezündete.

Seitdem läuft das bei Zigmillionen Liebespaaren zwischen Küste und Küste so.

Paul Henreid ist ein Kinokassengarant.

Zwischen Ingrid Bergman und Humphrey Bogart ein gutes anderes Gesicht. Das dritte Eck vom Dreieck, das Ilsa Lunds Hin- und Hergerissenseins glaubhaft macht.

Ein schöner Mann, ein guter Schauspieler dazu. Schüler von Max Reinhardt, im Nu Wiens Theatermann Nr. 1, 1937 nach England avanciert, dann in die Vereinigten Staaten, als Deutschlands Bomben auf London fielen, erst Broadway New York, dann Hollywood RKO. Sein Manager Lew Wasserman zaubert einen Traumdeal auf sieben Jahre. Ein Film pro Jahr, dessen Drehbeginn zwischen dem 1. Juni und dem 31. August fallen muß – dann ist er beurlaubt und darf drehen, mit wem er will.

Sein Debutstreifen »Joan of Paris« beeindruckt Hal B. Wallis sehr.

Und so hat er ihn sich für Bette Davis geschnappt, und so möchte er ihn sich diesmal für Ingrid Bergman schnappen. Denn alle bisherigen Drehbuchversionen, inklusive das Original von Murray Burnett und Joan Alison, gehen von dem Finale aus, daß Laszlo und Lund ins Happyend fliegen, während Rick Blaine leer ausgeht, egal wie leidenschaftlich Ilsa ihn auch für immer und ewig liebt.

Pauls Akzent paßt. Er strahlt Wärme, Intelligenz, Energie und Idealismus aus.

Paul Henreid ist überaus geschmeichelt, als ihn Hal B. Wallis persönlich aufsucht. Noch gespannter wird er, als der Name des Regisseurs fällt. Michael Curtiz bewundert er. Aber er sagt nicht sofort »okay«. Er möchte erst das Drehbuch lesen, seine Karriere sei an der Stelle angelangt, an der man behutsam die Plus- und Minuspunkte jeder Rollenofferte bedenken müsse.

Hal schickt ihm das Epsteinwerk.

Paul Henreid – lehnt ab ...!

Ein bißchen Mimose ist er schon, der Sohn vom Baron, wenn man heute seine bestürzten Argumente auf der Zunge zergehen läßt. Die zweite Geige werde er nicht spielen, genaugenommen ist er Bergmans Gegenüber, denn ihr Herz gehöre Humphrey Bogie, auch wenn sie mit ihm, Henreid, davonflöge. Das Wichtigste, was er auf der Schauspielakademie von Wien-nur-du-allein gelernt habe, wäre dies, zweitklassige Rollen strikt zu vermeiden. Shakespeare hätte eine wunderbare Rolle geschrieben,

Der Idealist Victor Laszlo und der Zyniker Rick.

die des schemenhaften Jago, aber das Stücke hieße nun einmal »Othello«. Und er müsse in seiner Karriere sehr darauf achtgeben, lieber den Othello, als den Jago zu verkörpern …

Hal ist geplättet.

Er nimmt Paul Henreids Manager Lew Wasserman ins Gebet. Die politische Eskalation entpuppt sich jedoch als einziger Kumpan, um den Staatenlosen unter Druck zu setzen. Kaum

115

war er damals in England, wurde er zum Einwanderer aus Feindesland, jetzt nach Pearl Harbor sieht er, was mit den japanischen Amerikanern um ihn herum geschieht, sie werden enteignet, in Lagern interniert.

Paul spricht mit Lew. Der gibt ihm einen guten Rat. Die Rolle des Nazi-Widerständlers in »Casablanca« bloß schnell anzunehmen. Dann habe er zwei Hollywoodkonzerne, »W.B.« und RKO, im Rücken und die Öffentlichkeit, und niemals könnte er als unliebsamer »enemy alien« kaltgestellt werden.

Endlich gibt sich Paul Henreid geschlagen, schlägt sogar noch einen Sieben-Jahres-Vertrag mit Jack L. Warner heraus und die Zusicherung, im Vorspann neben Humphrey Bogart und Ingrid Bergman zu erscheinen – in identischer Schriftform und Schriftgröße.

Es wird ihm Jahrzehnte später wenig nützen. Das Publikum weltweit sieht und liebt nur einen Dritten im Bunde: Claude Rains …

Louis … Louis Renault … Capitaine Louis Renault, der Polizeipräfekt von Casablanca!

Bereits in ihrer ersten Fassung haben Julius und Philip Epstein – mit Wallis' Einverständnis – die Rolle des Präfekten erweitert und auf Claude Rains' Leib gemaßschneidert. Ein Frauennascher mit französischem Charme und zyankalischem Humor. Ein Opportunist mit verblüffendem Eingeständnis. Mit konsequenter Härte befolgt er die »Empfehlungen« seiner inoffiziellen Nazivorgesetzten, im selben Atemzug gibt er Contra, vorwitzig kaschiert, daß man ihm nie so richtig ans Leder kann.

Und während der neuen Drehbuchoperationen wächst und wächst sein Part. Louis – Ricks hingebungsvoller Freund, der förmlich um Rick buhlt, in Worten freilich, und der drauf und dran ist, womöglich Ricks einziger Partner fürs Happyend zu werden. Die homophile Umsetzung des Üblichen (Stop, zu diesem Zeitpunkt ist Louis Renault so weit nun doch noch nicht gediehen!) …

Claude Rains ist der Mann mit dem britischen Charme, geboren 10. November 1890 in Londontown. Sein betontes Queens-Englisch kommt in den USA voll an. Er ist nicht sonderlich attraktiv, aber er ist einer von den Publikumslieblingen, die mit den Augen und den Mundwinkeln leben.

Seinen Ruhm begann er sogar – unsichtbar. Er spielte näm-

Captain Renault hat eine Schwäche für schöne Frauen, so auch für Ilsa Lund.

lich 1933 die Titelrolle von »The Invisible Man«. Ab 1936 drehte er acht Warner-Filme mit dem langen Ungarn, Michael Curtiz. Er war der Ekel-Prinz John in »Robin Hood«, Errol Flynns spanischer Feind Don José Alvarez de Cordoba in »The Sea Hawk«. Sein triefender Zuschauertriumph kam mit der verfilmten Soap-Opera-Sülze »Four Daughters«, Hals und Michaels Hyper-Smash, in der er sonor britelnd den gepeinigten Vater der tollen Töchter Rosemary, Lola und Priscilla abgab.

Zwei Fortsetzungen müssen davon gedreht werden, ehe das Publikum Ruhe gibt!

Claude Rains, praktisch schon mit Hal B. Wallis und Michael Curtiz zusammengewachsen, macht keine Schwierigkeiten, nimmt die Rolle an, und er hätte Hal gewiß auch eine Zusage gegeben, wenn er aufgefordert worden wäre, in der Verfilmung des Rosenheimer Telefonbuchs mitzumachen ...

Komplizierter wird es dagegen schon wieder mit einem anderen Verkörperer.

Es geht um Gestapo-Heinrich Strasser, den vom Hauptmann im Original »Everybody Comes to Rick's« zum Major in der ersten Epstein-Fassung von »Casablanca« beförderten Bösen vom Ganzen. Der Held des negativen Plot-Pols, Symbol des NSDAP-Germanias die personifizierte Bedrohung. Nicht waffenklirrend, cartoon-teuflisch, sondern von feinsilbiger Satanei. Mit teutonischem Zack von jener Sorte, die Champagner und Kaviar zu genießen weiß, wenn sie über das Leben aller verfügt.

Wallis & Curtiz blättern durch ihre hauseigene Kartei.

Sie müssen wieder fremdgehen. Es gibt nur einen, und der ist bei MGM unter Kontakt.

Conrad Veidt ...

Geboren im guten alten Deutschland von 1903. Nach der Bühne Stummfilmstar. International bekannt seit 1919 und seit »Das Kabinett des Dr. Caligari« (Regie: Robert Wiene), in dem er neben Werner Krauss und Lil Dagover den Cesare darstellt – dem zwölfbesten Film aller Zeiten, wie er zur Weltausstellung in Brüssel 1958 gewählt wurde. Seine »Caligari«-Hauptrolle wehte ihn bereits 1920 nach Hollywood, wo er weiter stummfilmte, in den 30ern ging er nach England (»The Thief of Baghdad«, »Storm Over Asia«, »The Passing of the Third Floor Back«), doch als dort die Raketen made in Germany detonierten, zog er lieber die künstlerische Berufung unter kalifornischen Palmen vor – exklusiv bei Metro Goldwyn-Mayer.

Seine Prunkstücke: »Escape« (mit Norma Shearer und Robert Taylor – ein Amerikaner rettet seine Mutter aus einem KZ im Vorkriegsdeutschland), »Above Suspicion« (Melodrama mit Joan Crawford und Fred MacMurray – beim Honeymoon in Paris hilft ein Pärchen dem britischen Geheimdienst) und »A Woman's Face« (wieder mit Joan Crawford – diesmal ist er ihr hundsgemeiner Herzensnobelmann: Sie ist eine Böse mit einem entstellten Gesicht, und nach der Gesichtsoperation wird sie noch schlimmer denn je ...)!

Conrad Veidt muß es sein!

Und damit kriegt »Casablanca« seinen internen Knüller.

MGM stellt astronomische Gagenforderungen. Hal B. Wallis verhandelt sich fast verrückt. Zähneknirschend akzeptiert er schließlich die recht munteren Wochenlöhne von 5000 Dollar. Der Gestapomajor kassiert die höchste Gage von allen.

Zum Vergleich: Bogie streicht 3500 Dollar ein, Ingrid 3125.

Aber Hal kann sich auf den Kopf stellen. Er braucht Conrad Veidt, und er gibt klein bei …

Wen haben wir noch?

Diese beiden wunderbaren Gestalten, die zu Humphrey Bogie gehören wie seine unbewegliche Oberlippe und sein – etwas späteres – Toupet, die gloriosen zwei aus »The Maltese Falcon« (Deutscher Titel: »Der Malteserfalke«), die mitgeholfen haben, daß er seinen Durchbruch schaffte: Sydney Greenstreet und Pe-

So zivilisiert hat sich damals nur in Hollywood ein Nazi-Offizier mit einem Widerstandskämpfer unterhalten.

119

ter Lorre. Greenstreet der Fette, Lorre das schwitzige Wiesel mit den Meereswolfsaugen.

Fat Man first.

Im Originalplay gibt es die Konturen einer Figur namens Señor Martinez, der den Konkurrenz-Nightclub »The Blue Parrot« führt, in »Everybody Comes to Rick's« hat er nur einen Auftritt – er kommt zu Rick, will seinen Laden kaufen oder ihm wenigstens seinen Freund und Entertainer Sam wegengagieren.

Ein bißchen dünne für den sympathischen Koloß, der im »Falken« sein Debut gab und in »Across the Pacific« gerade zum zweiten Mal vor der Filmkamera steht.

Wallis macht den Drehbuchschreibern klar, den Señor Martinez zu stretchen.

Erst mal wird er umgetauft. Da es schon einen Renault gibt, wird er zum Señor Ferrari. (Es fehlt wirklich noch, daß der Nazi-Mephisto in Major Volkswagen umbenannt wird!) Er lebt im Script auf, verwandelt sich in den mächtigen Unterwelt-Dealer von Casablanca, das fezbehütete Dickerchen mit der Cinemascope-Zigarre und der schnellen Fliegenklatsche …

Eine sprichwörtlich aus dem Rahmen fallende Karrierestory. In England geboren, Anno 1879, steht er zentnerschwer in der Landschaft der amerikanischen Theaterbühnen seit 1905 herum. Und mit sechzig kommt er, im Bogie-Troß, auf die Leinwand, die er berstend mit seinem Kontinentalkörper ausfüllt. Einer der wenigen, die aus Nebenrollen unvergeßliche Hauptrollen gemacht haben.

Göttlicher Greenstreet!

Genauso ist es mit Peter Lorre. Er spielt den Guillermo Ugarte, den schmierigen, kettenrauchenden, nervösen Schwarzmarkt-Klau, der sich am Leid der anderen parasitär labt. Kleine Kreatur, aber irgendwie mit Seele. Der Auslöser der kompletten Dramaturgie.

Ugarte hat die beiden Transit-Briefe der beiden deutschen ermordeten Kuriere erbeutet, und er übergibt sie Rick zum Aufbewahren. Er hechelt um Ricks Gunst, die Häscher schnappen ihn schnell, und Rick steht ihm nicht bei, weil er noch in seiner zynischen Abkapselung lebt (»Ich halte nicht für andere den Kopf hin!«), und später im Büro des Präfekten erfährt man dann aus schmunzelndem Mund, daß Guillermo Ugarte nicht mehr zu sprechen sei, Renault und Volkswagen, pardon: Strasser, überlegen gerade, wie sie den Bericht abfassen sollen – Selbst-mord? Auf der Flucht erschossen?

Eine starke Rolle. Ein Anruf genügt, um ihn für »Casablan-ca« zu begeistern. Denn Peter Lorre, laut Paß: Laszlo Löwen-stein, steht ebenso wie Sydney Greenstreet bei Warner Bros. Pictures unter Vertrag.

Außerdem ist er Bogies Sauf-Kumpan und Draufmach-freund ...

Sydney Greenstreet, der fette, habgierige Besitzer des ›Blauen Papagei‹.

»Casablanca« ist die Story aus der (Un-)Welt der Heimatver-triebenen.

Fast alle Darsteller tragen dieses Brandmal auf ihrer Haut.

Peter Lorre, in Rosenberg, Ungarn, am 26. Juni 1904 gebo-ren, sein Großvater ist Rabbi gewesen, war für eine medizini-sche Laufbahn als Psychiater vorgesehen. Er studierte bei Sig-mund Freud und Alfred Adler in Wien, wurde deren Assistent, aber während des Studiums seines eigenen Innenlebens wurde ihm rasch klar, daß er der geborene Exhibitionist war. Er verordnete sich sozusagen selber den Sprung auf die Bühnenbretter. Nach ersten Ovationen in Wien und Zürich filmt er 1928 in Berlin im »Frühlings Erwachen«.

Drei Jahre später gab ihm Fritz Lang die Hauptrolle für eine Weltkarriere – »M« wie Mord in Düsseldorf.

Nach dem Massenmörder wollte er sich nicht festlegen lassen, er versuchte Komödienparts zu ergattern, aber das Filmstudio lehnte ab. Daraufhin kehrte er zur Bühne zurück. Das beginnende tausendjährige Reich war wenig nach seinem Geschmack. Und so ging er eben. Nichts Dramatisches. Er ist auch nicht davongeschlichen.

Peter Lorre: »Ich fuhr zum Bahnhof und nahm den Zug nach Wien.«

Von Wien nach Paris und von dort nach London. Einen Monat später saß er Alfred Hitchcock gegenüber, der gerade den Hauptdarsteller für sein Projekt »The Man Who Knew too Much« suchte. Er kannte »M«. Er fragte Peter Lorre, ob er denn perfekt englisch sprechen könne. »Yes«, erwiderte der Großäugige. Geschickt reagierte Peter Lorre mit Kopfnicken, Murmeln, Lächeln, Achselzucken und einem ewigen »Yes«.

Er bekam die Verbrecherrolle.

Und dabei kannte er kein einziges anderes Wort als »Yes«.

Aber seine englischen Freunde halfen ihm, die Dreharbeiten durchzustehen. Er lernte alles pedantisch auswendig. Der Film wurde ein Riesenerfolg!

1935 rief ihn Columbia nach Hollywood, er machte große Augen in Josef von Sternbergs »Crime and Punishment«, ein Flop, daraufhin kehrte er nach England zurück, drehte einen zweiten Hitchcocktail (»Secret Agent« mit Lilli Palmer, 1936), wieder ein Erfolg, und wieder rief Hollywood. Diesmal Twentieth Century Fox.

In »Mr. Moto« wurde er zum Orientalen vom Dienst, zum beliebten Detektiv Kulleraugе. Zehn Filme lang war er Mr. Moto, und deshalb gibt es noch heute Amerikaner, die glauben, daß Peter Lorre auf einem fliegenden Teppich zur Welt gekommen sei.

Lorre-Löwenstein haßte diesen Moto. Aber er brachte viel Knete und den Sieben-Jahres-Vertrag mit dem Warner-Clan.

Die ganze Schauspielerei ist für Peter Lorre, und diese Formulierung strapaziert er sein Leben lang, »Fratzenziehen« …

Er schneidet Gesichter.

Am liebsten jedoch macht er Quatsch. Und gerade die, die sich gequält ernst nehmen, sind seine idealen Opfer. Zum Beispiel Herman Shumlin, der kettenrauchende Regisseur von »Confidential Agent« (mit Lauren Bacall und Charles Boyer). Peter leistet sich eine gelungene Lorrerei. Den Gummi eines Augenwasserfläschchens hat er mit Wasser gefüllt, und mit diesem Ding wieselt er um den qualmenden Shumlin herum. Kaum legt er die Zigarette irgendwo ab, spritz, spritz!, die Zigarette ist aus. Vergebliche Züge, auch das Anzünden klappt nicht.

Augenzeugen zufolge – Herman Shumlin geht wie das HB-Männchen in die Luft, die amerikanische Zigarettenindustrie verfluchend.

Typisch Peter. Er klärt sein Opfer nicht auf. Er bewahrt das Geheimnis, und erzählt es erst Tage später beim eisgekühlten Martini mit Bogie & Co …

Und dann die der »Riesenpieps« mit Alfred Hitchcock. Nach Drehschluß von »Secret Agent« kauft Peter Lorre einen kompletten Kanarienvogelladen leer und läßt den Riesenschwarm dem Horror-Hitch ins traute Heim liefern, als ein »beredtes Dankeschön«. Dann dampft der Geschenkattentäter mit seinem Liner nach New York. Hitchcocks Rache folgt bei Fuß. In regelmäßigen Abständen schickt er Peter Lorre »wichtige Telegramme«, so daß der Mime während der Überfahrt kein Auge zudrücken kann.

Es bleibt zu hoffen, daß nach »Bette Davis Eyes« auch mal ein Welthit den »Peter Lorre Eyes« musikalisch ein Denkmal setzen wird. Unter uns gesagt.

Stichwort Musik. Wer soll, fragt sich Hal B. Wallis, »As Time Goes by« singen?

Wo steckt Sam?

Schwarze Schauspieler, die noch dazu am Piano und am Mikro den Blues draufhaben, gibt es im Hollywood der Forties nicht wie Sand am Meer. Da muß noch viel Demokratiebewußtsein wachsen, bis man sich dem Großteil der Bevölkerung öffnet, der nicht so schneeweiß auf die Welt gekommen ist wie Micky Maus.

Gewisse Alibikarrieren leistet man sich allerdings schon. Immerhin war der Titelheld des historisch ersten Tonfilms »The

Peter Lorre hat von Bogart nichts zu erwarten. Rick macht keinen Finger für ihn krumm.

Jazz Singer« ein Schwarzer – Al Jolson! Auch »Vom Winde verweht« schoß einen Black Star ins Firmament: Hattie McDaniel, die Herzens-Mammy, gewann 1939 den Oscar für die beste Nebenrolle – auf englisch klingt das besser: for best supporting act …

Einen brillanten Sänger zu finden, ist nicht das Problem. Ein guter Schauspieler müßte er in erster Linie sein.

Hal B. Wallis holt tief Luft.

Ein paar Studios weiter, kämpft sich gerade ein gewisser Dooley Wilson aus New York ins Casting-Office vor, fragt, ob man nicht endlich eine Rolle für ihn habe. Bei Paramount Pictures. Der Besetzungsmensch empfiehlt ihn an Mr. Wallis weiter.

Hal B. Wallis kann erleichtert aufatmen.

Rick Blaines Sam ist vom Himmel gefallen.

Sam und sein Lied sind immer dabei. Damals in Paris und jetzt in Casablanca.

Dooley, laut Taufbuch Arthur Wilson, ist in Tyler, Texas, geboren, 1889, der jüngste von fünf Kindern, Vater, ein armer Hilfsarbeiter, starb früh. Im Kampf ums Durchkommen muß Arthur bereits mit sieben singen gehen, für ein paar Pennies. Mit acht Jahren bringt er es schon auf 18 Dollar die Woche. Er kommt zum Theater, lernt nebenbei Drummer, geht 1920 mit den »Red Devils« auf Tournee durch Europa. Er jazzt in Frankreich, in Nordafrika, ja, sogar in Casablanca!

Seine Biographie ist nach Wallis' Geschmack. Zusammen mit Michael Curtiz unterzieht er Dooley einem improvisierten Test. Sie geben ihm ein paar Textzeilen zu lesen. Er sitzt voll drauf. Er IST Ricks Buddy!

Außerdem – der Unbekannteste ist er auch nicht. Am Broadway war er der gepriesene Little Joe in der Revueshow »Cabin in the Sky«. Als die Show verfilmt werden sollte, wurde er nach Hollywood engagiert, aber im letzten Augenblick besetzte Paramount seine Broadwayrolle mit einem anderen, mit Eddie Anderson.

Dooley und seine Frau Estelle sitzen ziemlich auf dem Trockenen, als ihn »Casablanca« an die Pianotasten ruft. Warner Bros. muß an Paramount 3500 Dollar zahlen, für sieben Wochen. Fünfhundert die Woche – mehr kann Hal B. Wallis nicht sparen.

Ein Handicap weist Dooley Wilson auf, er hat Blues in der Kehle, doch Piano spielen kann er nicht.

Hal beschließt, ein wenig zu schummeln. Dooley soll die Finger bewegen, hinter den Kulissen muß dann eben ein richtiger Klavierspieler auf die Tasten klopfen …

Die Besetzungsliste wächst und wächst. Hal B. Wallis findet besonderen Gefallen daran, die winzigsten Rollen zu echten Typen zu machen, die dem Publikum ein erholsames Lächeln abgewinnen sollen, die etwas Menschlichkeit in die düstere Spannungslage bringen.

Sie haben nur wenige Sätze zu sagen.

Hal nimmt dafür gerade die Besten.

Der Ober Carl. Ein graumelierter Schatz mit lieb wabbelndem Gesicht, Ricks Angestellter zum Abbusseln. Eine Traumrolle für S. Z. Sakall, der seinen großväterlichen Witz und Charme nach »Casablanca« in vierzig Filmen wiederholen wird. Auch er ein Heimatvertriebener aus Ungarn, der es zu einer an-

Der alte Ober Carl (S. Z. Sakall) mit Victor Laszlo.

gesehenen Theaterkarriere in Deutschland brachte, bis Adolf Hitlers neue deutsche Welle in davonriß. Ohne eine Silbe englisch traf er in Hollywood ein, 1940, lernte seine erste Rolle in »It's a Date« phonetisch, neben Barbara Stanwyck in »Ball of Fire« wurde bereits seine zweite phonetische Darbietung zum Kassenreißer von 1941!

Tja, und der Barmixer Sascha, der hinter Ricks abgelegter Yvonne her ist.

Noch ein Refugee. Leonid Kinskey, geboren in St. Petersburg, als es noch nicht Leningrad hieß, ist Vertriebener der kommunistischen Weltrevolution. In den USA machte er sein Debut 1932 in der Ernst Lubitsch-Schmunzel-Serenade »Trouble in Paradise«, die Diebe bei der Arbeit zeigt, die Juwelen und zarte Fräuleinherzen »liften«.

Leonid Kinskey, so wird gerühmt, nennt ein wahres Gummigesicht sein eigen. Blitzartig kann er wie ein unschuldiger Knabe vor seinem ersten Lolli aussehen oder wie ein Grauenopa mit Vampirneurosen.

All diese Drumherumfiguren werden von den Drehbuchautoren Julius und Philip Epstein und Howard Koch vergrößert, auf die einzelnen Darsteller zugeschnitten – andere Charaktere, die Murray Burnett & Joan Alison groß angelegt haben, werden verkleinert, auf ein Minimum zusammengestrichen.

So zum Beispiel die flotte Yvonne, Ricks gelegentliche Matratzengefährtin. Schauspielerin Madeline LeBeau wird sie dennoch plastisch und transparent machen. Allein in der Szene, als sich die Gäste den musikalischen Weltkrieg liefern, »Wacht am Rhein« vs. »Marseillaise«, und Yvonne alias Madeleine in Großaufnahme ruft: »Vive la France! Vive la Democratie!«

Oder: das junge Ehepaar aus Bulgarien, Annina und Jan, deren Nachnamen von Viereck (laut Original-Play) in Brandel umgeändert wurde. In Murray & Joans Version sind die beiden fast Hauptrollen, in »Casablanca« sind sie auf Episodendimensionen geschrumpft.

Aber selbst die sekundenwinzigste Rolle hat in »C« perfekt zu sein. Das ist Hal B. Wallis' brennender Ehrgeiz.

Es wird ihm gelingen.

Curt Bois, dreimal im Bild, Flüchtlinge beschwatzend und mit langen Fingern »erleichternd« – unvergeßlich!

Marcel Dalio, Rick Blaines Croupier, einmal in Großaufnahme, als sein Chef Jan Brandel am Roulette gewinnen läßt, damit Annina nicht aufopferungsvoll zu Capitaine Renault ins Lodderbett schlüpfen muß – unvergeßlich!

Dan Seymour, der sanftbullige Türmann vom »Café Américain«, mit Fez auf dem Kopf, Ricks Abdul, übrigens einer der wenigen echten Amerikaner – unvergeßlich!

John Qualen, der Widerstandskämpfer Berger, der plötzlich dem totgemeinten Victor Laszlo gegenübertritt, mit dem nervösen Gesicht des ständig auf der Flucht Seienden – unvergeßlich!

Yvonne (Madelaine Le Beau) – nie wieder hat jemand die Marseillaise so pathetisch gesungen wie sie.

Corinna Mura, die spanische Sängerin im »Rick's« – unvergeßlich!

Frank Puglia, der marokanische Teppich- und Tücherhändler auf dem Markt, der Ilsa Lund was verkaufen will und Schlag auf Schlag mit dem Preis heruntergeht, als Rick Blaine zu ihr tritt und mit ihr spricht – unvergeßlich! (Frank Puglia wird auf Ingrid Bergmans Spuren bleiben, sofort nach »Casablanca« spielt er mit ihr in Hemingways »Wem die Stunde schlägt« einen Widerstandshauptmann mit Baskenmütze, und sein Bart vom Casablanca-Markt wird einfach weißgefärbt ...)

Von den zwanzig Hauptrollen, jawohl, sie allesamt sind Hauptrollen, werden nur vier von gebürtigen Amerikanern gespielt. Emigranten-Opus in Amerikas Immigranten-Realität.

Und fast hat man die euphorische Vision, da wurde in Hollywood ein Film gedreht, und dieser und jene, den das leere Portemonnaie zwickte, tauchte rein zufällig in der Warner-Kantine auf, Landsleute mit der Seele suchend, und dann kam Hal B. Wallis oder Michael Curtiz, hörte deutsche Brocken, und engagierte sie alle vom Fleck weg, rief rüber zu den Drehbuchautoren: »Hier, für den schreibt mal auch noch 'ne Rolle!«, und so wie sie waren, wurden sie in »Casablanca« einfach reingeschrieben, schon allein aus dem einen zwischenmenschlichen Grunde, daß sie mit ein bißchen barem Kleingeld abdampfen konnten ...

Vielleicht war es so?

Vielleicht ist dies der besondre Thrill, der »Casablanca« beseelt, und vielleicht spürt der Zuschauer das auch noch in neunundneunzig Jahren.

Das gab's nur einmal, und das kommt hoffentlich nicht wieder.

Auch wenn man mit Refugees einen derartigen Kultfilm drehen kann.

Lieber keinen Kultfilm und keine Refugees mehr.

Hal B. Wallis jedenfalls hat eine Besetzungsliste zusammengepuzzelt, wie es in keinem Film danach mehr möglich sein wird. Und er dachte auch durchaus profan an seinen eigenen Geldsack. Eine »Hal B. Wallis Production« bedeutete schließlich auf gut amerikanisch: Er steckte sein persönliches Geld in sein persönliches Ehrgeizprojekt.

Niemals ist bekannt geworden, wieviel »Casablanca« auf den Cent genau gekostet hat.

Es kann davon ausgegangen werden, daß es der billigste Hollywoodfilm aller Zeiten gewesen ist. Denn Hal saß nun einmal an der Quelle und zwar direkt. Viele Dinge kommen also zusammen, die nicht zum filmerischen Alltag zählen.

Viele Dinge und auch viele Köche, die kurioserweise nicht den Brei verderben.

Sondern ganz im Gegenteil …

Michael Schwarze schreibt in der »FAZ« im Oktober 1975: »Es ist die Melancholie des Films, die sich uns heute noch mitteilt. Und die Erkenntnis beim Anschauen, daß die 33 Jahre, die seither vergangen sind, in nichts zusammenfallen. ›Casablanca‹: das ist überall und alle Zeit.«

Hans-Ulrich Pönack läßt sich jedoch nicht totalemente von der Melancholie einpacken. Er schreibt im Berliner »tip« im Januar 1981: »Und doch hat auch dieser Film eine Schwäche: es ist die Bergman, um die Bogart wirbt, und nicht Lauren Bacall. Denn was passiert wäre, wenn Bogart & Bacall schon hier aufeinandergetroffen wären, daran erinnert in einigen Momenten der ein Jahr später entstandene Howard Hawks-Streifen ›To Have And Have Not‹ (Haben und Nichthaben). Es ist sehr wahrscheinlich, daß wir uns in einem solchen Falle beharrlich weigern würden, das Kino jemals wieder zu verlassen.«

Zurück ins Jahr neunzehnhundertzwoundvierzig. Ab Montag, dem fünfundzwanzigsten Mai, wird gedreht.

Das endgültige Drehbuch ist noch immer nicht fertig.

Michael Curtiz, der hakennasige Regisseur aus Budapescht, legt eine Handvoll Minuten zu bei seinem alltäglichen eiskalten Einstundenduschen.

Unter dem peitschenden Wasserstrahl schläft der nicht wieder ein.

Eigentlich gibt es für ihn nur zwei Möglichkeiten. Tot umfallen.

Oder einfach drauflosdrehen.

Mit einem ähnlichen »Alles oder nichts«-Anspruch, allerdings nicht geschauspielert, sondern tödlich real, gehen während der gleichen Zeit die anderen Großproduzenten, Großregisseure mit ihren uniformierten Darstellern an ihre Art von Großinszenierung heran. Mit ihrem tatsächlichen Shooting on locations. An »Casablancas« wirklichem Schauplatz. In und um Casablanca. In Nordafrika.

Die großdeutsche Version, die auf tausend Jahre kalkuliert ist ...

Am 21. Januar 1942 war Wüstenfuchs Rommel von neuem in die Cyrenaica vorgestoßen, die er bis westlich Tobruk in wenigen »Drehtagen« wiedereroberte.

Am 26. Mai – genau am zweiten Drehtag von »Casablanca« im fernen Hollywood – nahm Hauptdarsteller Rommel den Angriff wieder auf und brach in dreiwöchigen schweren Kämpfen den britischen Widerstand westlich und südlich von Tobruk (Kapitulation am 20. Juni mit 25000 Mann). Dem eiligst nach Ägypten zurückweichenden Gegner folgend, erreichte die deutsch-italienische Panzerarmee am 30. Juni El Alamain (100 km südwestlich von Alexandria), wo sie vor starken britischen Stellungen zum Stehen kam.

Wann werden die amerikanischen und britischen Truppen unter General Eisenhower in Marokko, bei Oran und in Algier landen?

Und unter anderem auch Casablanca von Zeitgenossen wie Gestapomajor Heinrich Strasser oder Vichy-Polizeipräfekt Louis Renault befreien?

Das Shooting, auf beiden weit auseinanderliegenden Seiten des Globus, wird zum Wettlauf gegen den Uhrzeiger und gegen die Geschichte ...

VII.
Ein Mann macht blau

Sehr spät und sehr meisterhaft kommt er ins Bild.

Ein zur Landung ansetzendes Flugzeug fliegt an dem Neonreklameschild mit der Aufschrift »Rick's Café Américain« vorbei, der Polizeipräfekt Louis Renault, der Major Strasser auf dem Airport willkommen heißt, spricht über Rick's Café. Der Gestapooffizielle hat auch schon viel über das Café und über diesen Mr. Rick gehört, dann die illuminierte Neonreklame am Abend, das bunte schicksalsschwangere Getümmel der Gäste im Inneren, Sam singend am Piano, Chefober Carl beim Servieren und beim Plaudern über Rick, ein Angestellter vom Casino, schwarzer Smoking, schwarze Fliege, weißes Einstecktuch, eilt mit dem Scheckbuch und einem Füllfederhalter in die Großaufnahme, reicht sie einem Menschen, der außerhalb der Leinwand sitzt, dessen rechte Hand langt ins Bild, greift den Scheck und den Griffel, und der Scheck wird in geradezu mikroskopischer Nahaufnahme gezeigt, während die Hand »OK. Rick« groß unter der Rubrik »Autorisation« schreibt, es ist ein Scheck über eintausend französische Francs, für eine Madame Jonglac, das Datum ist rechts über dem rechten Zeigefinger des Unbekannten, der offensichtlich der Boß, also Rick Blaine ist, zu erkennen: 2. Dezember 1941, darauf erscheint der volle Aschenbecher und das leere Champagnerglas, und im oberen Bildbereich gibt die Hand den unterschriebenen Scheck dem Angestellten zurück, der Mann, von dem man nur den rechten Arm sieht, trägt einen weißen Smoking, jetzt greift die Hand zu der filterlosen Zigarette, die im Aschenbecher qualmt, und führt die Zigarette zum Mund, Schnitt: Humphrey Bogart in Großaufnahme, ein wenig von oben gefilmt, der Kopf bis zum ersten Smokingknopf, in der Bewegung prallt der Zeigefinger gegen die Nase, die Zigarette landet im Mund, der Held, zum erstenmal zu sehen, macht einen tiefen Lungenzug, die Hand mit der Zigarette senkt sich zur Tischplatte zurück, verweilt schwebend über einem Schachspiel, good ol' Bogie Man hat sich vorgestellt, die Aktion darf weitergehen, im Hintergrund gibt es Ar-

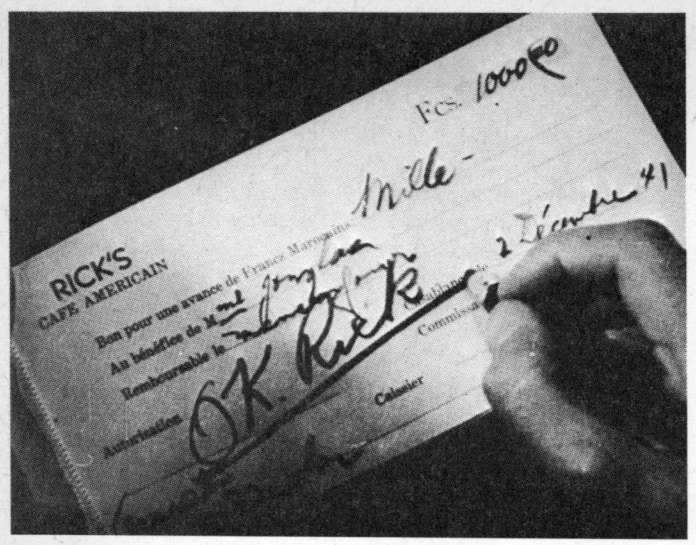

Er ist ein einflußreicher Mann in Casablanca. Seine Unterschrift genügt, ...

ger an der Eingangstür, Türsteher Abdul verwehrt einem Gast den Eintritt ...

Diese Entree-Szene verrät zwei Tatsachen (und so richtig bekommt man das erst mit, wenn man »C« mehrere Male gesehen hat): 1. »Casablanca« spielt in der Zeit ab dem 2. Dezember 1941 – als sich Amerika noch nicht im Krieg befindet.

2. Humphrey Bogart ist beim Drehen mehr oder minder alkoholisiert, wie es die schwungvolle Handbewegung eindeutig beweist, die in solch einer Verfassung leicht ein wenig ausrutschen kann und den Zeigefinger, der mit dem Mittelfinger die Zigarette umfaßt, unbeabsichtigt gegen die Nase prallen läßt ...

Eine haarspalterische Beobachtung?

Mehr ein archäologisches Indiz.

Genaugenommen steht Bogie immer unter Feuerwasser. Er hat privat den Suff zur Tugend, zur Philosophie gemacht. Er preist gern in Interviews voller Stolz die drei größten und großartigsten Schluckspechte seiner Zeit: Errol Flynn, Winston Churchill und – Humphrey Bogart. Und die suffigste Phase sei-

... aber er will dieses verdammte Lied nie wieder hören.

nes Lebens dreht sich karusselhaft um die Ära, als »Casablanca«
auf dem Zelluloid das Licht der Kinowelt erblickt.

Die legale Droge Alkohol bezeichnet er sogar als einzige
Chance, die Welt ein wenig schöner zu machen. Wörtlich: »Drei
Drinks täglich für jeden Menschen – und die Leute würden net-
ter sein ...«

Sein Freund und Biograph Nathaniel Benchley fragt ihn einmal ganz ernst: »Bist du jemals trocken gewesen in deinem Leben?« Bogie erwidert: »Ja, einmal ... Es war der mieseste Nachmittag meines Lebens.«

Das amerikanische Publikum weiß das, honoriert seine Of-
fenheit, und es liebt – schlicht gesagt – seinen Suffkopp. Darum
hat eine Szene den Pointenknall einer mittleren Atombombe:
Als nämlich Gestapo-Strasser ein jovial gestimmtes Kreuzver-
hör im »Rick's« anstimmt und ihn nach seiner Nationalität fragt
– Rick Blaine, der durch und durch Humphrey Bogart ist, antwortet: »I'm a drunkard.« Und Capitaine Louis Renault gibt
noch einen drauf: »Und das macht ihn zum Weltbürger.«

Das sitzt.

Das kann aber auch beim Drehen Ärger machen.

Ein Promillenkonflikt ist überliefert und in minutiösen Einzelheiten der Nachwelt dokumentiert:

Geschlaucht von einem hektischen Drehtag fährt Bogie in seine Villa in West Hollywood, freut sich auf ein paar erholsame Drinks mit seiner Ehefrau Mayo, bevor das Abendessen aufgetragen werden soll. Aber die Cocktailstunde zieht sich hinaus, und die Bogarts essen erst kurz vor Mitternacht. Danach möchte sich Humphrey zurückziehen, um seinen Text für morgen zu lernen, aber seine Mayo will das Gespräch fortsetzen, sie ist rasend eifersüchtig auf die junge Ingrid Bergman, und sie fängt wieder mit ihren hysterischen Unterstellungen und Hirngespinsten an.

Bogie tritt den Rückzug an – in sein Bett. Wütend klemmt sich Mayo an die Whiskyflasche, stürzt im Morgengrauen zu ihrem Mann, rüttelt ihn wach, brüllt ihn an. Daraufhin greift er sich seine Drehbuchseiten, wirft sich den Mantel über den Schlafanzug und fährt ins Warner-Brothers-Studio.

In seinem Dressing Room möchte er noch ein bißchen Schlaf finden, kann jedoch kein Auge zudrücken und fängt wieder mit der Schluckerei an.

Auf dem Set ist es 11 Uhr. Keine Spur von Bogie. Regisseur Michael Curtiz sieht rot, besonders als er vom Pförtner erfährt, daß der Star bereits seit vielen Stunden auf dem Gelände sein müsse. Der hakennasige Ungar schickt seinen Regieassistenten Lee Katz los, den Vermißten aufzuspüren.

Er kommt gleich danach mit der Nachricht zurück, daß Mr. Bogart angetrunken auf einem Fahrrad durchs Gelände donnern würde. Niemand könne ihn von dem Ding herunterbringen. Er lalle und fauche jeden an, der ihm in die Quere käme …

Michael Curtiz informiert die oberste Instanz, Jack L. Warner, der Star von »Casablanca« kurve besoffen hinter den Studios herum.

Warner vom Warner-Clan macht sich wutentbrannt auf den Weg. In der Umkleidesuite trifft er auf Humphrey Bogart, noch immer im Pyjama, mit zerzaustem Haar, aber stocknüchtern wirkend.

»Verflucht nochmal, Bogie«, setzt J. L. an, »was zum Teufel ist dir da wieder eingefallen?«

Curtiz dirigiert die Flughafenszene.

»Ich bin ein bißchen Rad gefahren«, lächelt Bogie.

»Aber du hast wieder getrunken. Ist dir gar nicht klar, wie gefährlich das ist?«

»Darum bin ich ja Rad gefahren. Ich wollte ein bißchen frische Luft schnappen.«

»Hör mir genau zu«, zischelt der Big Boß. »Es ist mir scheißegal, wenn du dir dein häßliches Gesicht einschlägst. Wirklich, es interessiert mich nicht. Aber hier arbeiten Hunderte von Leuten, die von dir und diesem Film abhängig sind – und einige von ihnen bekommen so wenig Lohn, daß man damit noch nicht mal deine Saufgelage für zwei Tage bezahlen könnte ...«

Dieser Hinweis schlägt Humphrey Bogart schwer an. Der Vorwurf, unprofessionell zu sein, trifft ihn voll. Der Verdacht, daß er auf Kosten der kleinen Leute den großen Mann spielen würde, verletzt ihn.

Reumütig sagt er: »Schwamm drüber, Junior. Es wird nie wieder vorkommen.«

»Nie wieder« ist ein unmenschlich großes Wort.

Die knallhärteste Story um Alkohol am Arbeitsplatz wird einen Film weiter ins Logbuch des »Weltbürgers« Bogart Einzug halten.

Es ist der erste Drehtag von »To Have and Have Not«, frei nach Hemingway, wo die 19jährige Lauren Bacall ihr Debut haben wird, jene dritte, zärtlichste und letzte Frau Bogart.

Nach der Mittagspause kehrt Bogie in schwerem Schiffsgang und extremer Seitenlage ins Studio zurück. Das wandelnde Fazit einiger Martinis zuviel.

Regisseur Howard Hawks, 47 Jahre alt, ehemaliger Bomberpilot im Zweiten Weltkrieg, nebenbei passionierter Autorennfahrer, knöpft sich resolut vor der versammelten Mannschaft seinen Star vor: »Okay, wir beide werden jetzt zu Jack Warner marschieren, und wir werden sehen, ob ich einen neuen Star bekomme – oder du einen neuen Regisseur!«

Bogart schüttelt den Kopf: »Das möchte ich aber nicht.«

Hawks: »Was möchtest du dann vorschlagen?«

Bogie: »Ich werde damit aufhören, mit dem Trinken in der Mittagspause.«

»Aufhören« ist ein anderes Wort für »ein wenig weniger trinken«. Sozusagen halbwegs adrett über die Runden kommen, daß der Text noch sitzt, daß alles funktioniert, auch wenn mal

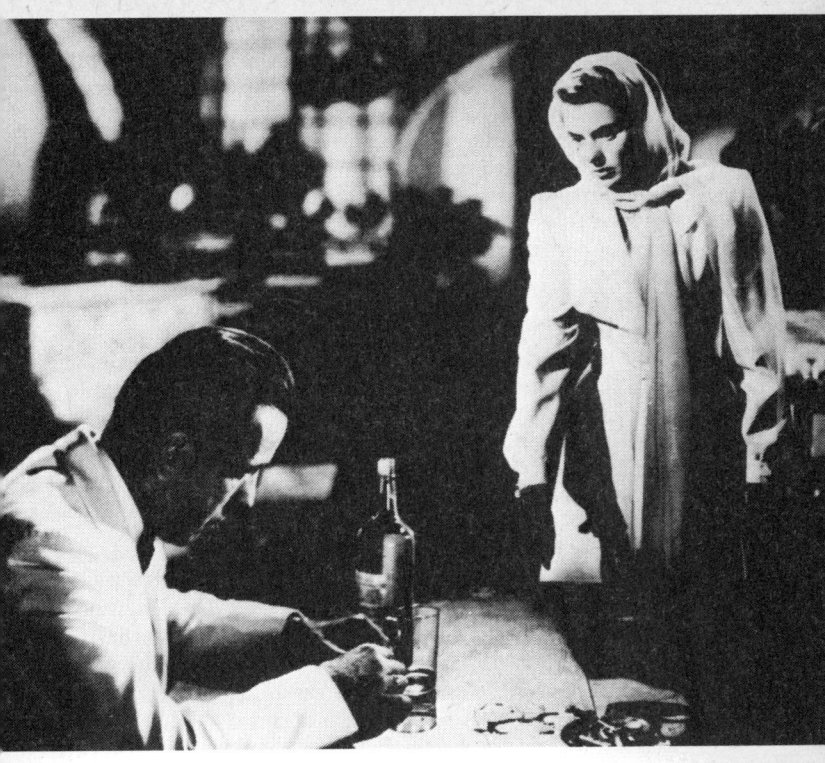

»Rick. Ich muß mit dir reden.«
»Oh. Ich habe meinen ersten Drink aufgespart. Ich wollte ihn mit dir trinken.«

die Hand übers Ziel hinausschießt und den Zeigefinger unge-
bremst mit der Nasenspitze zusammenstoßen läßt.

Viele schlaue Menschen haben sich an ihrer Schreibmaschine
das Gehirn darüber zermartert, was im Kern die Magie des
Schauspielers Humphrey Bogart ausmacht. Einen beachtlichen
Anteil hat der Flaschenteufel. Er bringt Bogie in allen Filmen
zur hypnotischen Slow-Motion, läßt ihn jede Form von Bewegung auf ein Mindestmaß reduzieren, verdichten, macht ihn sta-
tuenhaft, vervollkommnet viele Gesichtsausdrücke auf eine ein-

zige, ein wenig von der Welt ermüdete Gesichtsmiene. Auch seine Stimme sprudelt nicht, sondern begrenzt sich auf ein unbeteiligtes Nebenbeisprechen, schraubt sich zurück wie weit hinter seiner Körperlichkeit.

Bert Brechts V-Effekt, der Verfremdungseffekt, der hebt Humphrey Bogart weit über die Leinwand hinaus. Bogie spielt nicht. Er unterspielt. Er hinterspielt, gebremst und irgendwie mechanisch verzaubert, »gedrogt«.

Der geringste Einsatz von Lebendigsein macht Bogie zum Über-Akteur.

Er braucht die hochprozentigen Sachen. Er braucht sie, um privat über die Runden zu kommen, und beruflich heben sie ihn, ob er es will oder nicht, in die Galaxis der Unsterblichen, diesen in jedem Kino, auf jedem Bildschirm ewig und für alle Zuschauer Magischen …

Was hat ihn an den Flaschenhals gezogen?

»Er wurde geboren und wuchs auf«, schreibt Joe Hyams, sein einziger Journalistenfreund und Intimus, dem er die totale Abstinenz nicht nachtrug, »mit einem Silberlöffel im Mund.«

Weihnachten 1899 wurde er in New York geboren – drum nennt er sich selber gern »The last century boy« –, mittenmang in der prachtvollsten High Snobiety. Vater Dr. Belmont DeForest Bogart – ein berühmter Mediziner mit gesellschaftlichem Glanz, Mutter Maud Humphrey – Künstlerin, Illustratorin, eine leidenschaftliche Verfechterin der aufflackernden Frauenbewegung, als es erst mal um das Stimmrecht der Frauen geht, Bogie, der einzige Sohn, hat zwei jüngere Schwestern, Frances und Kay.

Als Baby ist er der ganze Stolz der stolzen Familie. Die Mama malt ihn mit photographischer Genauigkeit, und er ist in den Vereinigten Staten in aller Munde. Sein Bild prangt auf den Baby-Nahrungsgefäßen der Mellins Baby-Food-Company.

Er besucht die besten Schulen New Yorks, schließlich die Philipps Academy in Andover, Massachusetts, die erklärt beste Privatschule Amerikas.

Mit 18 verpaßt er seinen wohlgesonnene Eltern den Zentralschock. Er fällt durch alle Prüfungen, er ist ein hoffnungsloser Fall, er wird nie auf die Yale-Universität dürfen.

Daddy ist entsetzt. Bogie rennt von zu Hause fort und geht zur Kriegsmarine.

Aus dem Ersten Weltkrieg bringt er eine Verwundung mit, ohne die später Bogie niemals richtig Bogie geworden wäre. Eine Verletzung an der Oberlippe, die ihm eine Narbe einhandelt, und eine partielle Lähmung. Er wird nie mehr die Oberlippe richtig bewegen können und deshalb ein wenig eigenartig lispeln.

Um diesen mannbaren Schönheitsfehler rankt sich später die heroische Legende, er habe während eines deutschen U-Boot-Angriffs einen Holzsplitter ins Gesicht bekommen.

Die Wahrheit schildert Bogart-Biograph Nathaniel »Nat« Benchley etwas prosaischer: »Bogart gehörte zur Küstenpatrouille, und er hatte einen Gefangenen nach Portsmouth ins Kriegsgefängnis zu bringen. Der Mann trug Handschellen. Als sie den Zug in Boston wechselten, bat er Bogie um eine Zigarette. Bogie langte in seine Tasche, und plötzlich fuhr ihm der Gefangene mit der Handschelle ins Gesicht, kam aus der Fessel frei und flüchtete. Bogie hat die Narbe nie loswerden können. Das hat ihm ein Pferdearzt bei der Navy verpaßt. Selbst drei plastische Gesichtsoperationen brachten keine Veränderung ...«

Nach zwei Jahren US-Navy – wichtigste Erkenntnis fürs Leben: Unbehagen gegenüber Autoritäten – kehrt der renitente Arztsohn in den zivilen Trott zurück. Versucht sich in zwei Jobs in der Wall Street. Die Bankerei ödet ihn.

Was soll aus ihm werden?

Von seinem Vater hat er an raren Weekends, sie besitzen einen feudalen Landsitz bei den Finger-Seen, das Angeln und Segeln gelernt, das letztere Vergnügen wird er sein Leben lang genießen.

Noch etwas hat ihn gepackt. Ein Haus weiter neben der De-Forest Bogartschen Residenz im exklusiven Manhattan, 103rd Street off Riverside Drive, wohnt der berühmte Theatersuperproduzent William A. Brady. Der hat einen Sohn in seinem Alter, William jr., seinen besten Freund, mit dem er früh die Broadway-Szene unsicher gemacht hat. Williams Schwester Alice will Schauspielerin werden, also will es auch Humphrey. Und der alte Theaterboß, der den Nachbarsjungen mag, willigt ein, auch ihm dabei mit der Vitaminspritze »B« behilflich zu sein.

Da kann man mal sehen, was es für verschlungene Pfade im Leben gibt.

Weil er die richtige Nachbarsfamilie hat, schaltet der Taugenichts aus reichem Haus auf Theater! (Fast so simpel wie mit Murray Burnett, der, allein weil er ein Automobil besitzt und pausenlos nach Long Island flüchtet, seiner Co-Autorin Joan Alison begegnet, ohne deren »Co« garantiert niemals »Everybody Comes to Rick's« entstanden wäre ...)

Doch so leicht läuft's nun auch nicht. Mr. Brady verpaßt dem Jungen von nebenan einen Job als Bürolaufbursche. In dieser Zeit hat Mr. Brady gerade sein Imperium vergrößert, um eine Filmfirma namens »World Films«, die er aufgekauft hat. Er läßt den Streifen »Life« drehen, feuert den Regisseur und gibt, da niemand weit und breit einspringen kann, Bogart den Job. Vom Sandwich-Holer und Portokassenjüngling zum Regisseur? Bogie verpatzt die Chance. Mr. Brady muß schon selber die Sache zum Ende bringen, aber durch dieses Ereignis sind ihm jäh die Augen geöffnet.

Er hat auf einmal den Stich, Drehbuchautor zu werden. Was nichts wird. Schnell kehrt er in Mr. Bradys Angestelltenverhältnis zurück. Dort ist er bestens aufgehoben, egal was er auch hin und wieder baut, denn er ist Freund von William jr., Alice, von Mr. Brady und dessen holder Gattin, der Schauspielerin Grace George.

Für fünfzig Dollar die Woche wird er Stage Manager. Er bringt nichts. Aber Frau Brady gefällt der Bursche, und sie fördert ihn, schanzt ihm für ihr nächstes Stück »The Ruined Lady« wieder den Stage Manager zu. Als ein Darsteller erkrankt, springt Bogie ein, doch ohne Ovationen.

Er hat nachbarlichen Rückenwind, der ihn immer aufs neue auf die Bretter treibt. Sein Bühnendebut absolviert er neben Alice in dem Play »Drifting«. Mehr völlig schlecht als recht. Während der Aufführung in Atlantic City verliert Mr. Brady die Nerven, boxt Bogie in den Bauch, und der revanchiert sich bei der nächsten Vorstellung, in dem er den Vorhang zu früh aufgehen läßt, so daß das erstaunte Publikum den Boß dabei erlebt, wie er seiner Schauspielgruppe vehemente Anweisungen erteilt.

Bogie fliegt.

Bogie wird am folgenden Tag wieder eingestellt.

So in etwa geht das weiter. Bogie bekommt immer wieder eine Rolle, obwohl er das geborene Untalent zu sein scheint. Theaterkritiker Alexander Woollcott stöhnt öffentlich: »Der

Bogie (Mitte) 1923 in dem Broadway-Stück ›Nerves‹. In den Armen hält er seine spätere Frau Mary Phillips.

junge Mann, der das bereits erwähnte Bürschlein darstellt, war schlichtweg das, was man eine Fehlbesetzung nennt.«

Schauspielerin Helen Hayes gibt später zu Protokoll: »Wir waren damals eine junge Clique in New York. Bogart war einer von vielen Jungschauspielern, die in albernen Komödien auftraten. Wir hielten nicht viel von ihm. Er hatte nichts drauf und war gestraft mit einem breitflächigen Knautschgesicht. Er hatte keinen Appeal, nichts. Er tat uns allen leid, er taugte einfach zu nichts.«

Aber an dem Künstlerleben findet er Gefallen. Mit seinem Herzenskumpel William jr. zieht er allnächtlich durch die Kleinkunstbühnen und Clubs zwischen Greenwich Village und Harlem.

Immerhin engagiert ihn schon mal die Produzentin Rosalie Stewart für das Stück »Meet the Wife«, er mimt einen Zeitungsfritzen neben Mary Boland und Clifton Webb. Ein Hit wird es, läuft dreißig Wochen!

Dann folgt das Kriegsdrama »Nerves« mit Kenneth MacKenna, Paul Kelly und Mary Phillips (später eine der Frauen Bogarts ...), und erstmalig erhält Humphrey Bogart, der Spätzünder par excellence, gute Kritiken. Das Stück dagegen fällt durch. Er wird wieder Stage Manager bei Mr. Brady, dessen Hauptdarstellerin und Tochter Alice wegen eines zu früh eintreffenden Babys der Kunst entsagt, und die Akteurin, die für sie einspringt, hat rote Haare, ist eine Wahnsinnsschönheit, heißt Helen Mencken, ein paar Jährchen älter als Bogie, und Bogie ist so weg von ihr, daß während der Premiere die gesamte Technik zusammenbricht.

Mitten in Helen Menckens spektakulärem Auftritt kracht die Bühnenausstattung des nächsten Akts von oben runter. Und jetzt passiert Historie: Die feuerrothaarige Lady rast hinter die Kulisse, ohrfeigt den Bühnentechniker Bogart, der ohrfeigt zurück, sie ohrfeigt ein zweites Mal und flieht in die Garderobe.

Humphrey Bogart ist verliebt!

Und dieses romantische Grundmuster zieht sich durch sein ganzes irdisches Dasein. Schöne Frauen, die richtig zulangen, noch dazu Schauspielerin sind, erobern ihn im Flug.

Einige Wochen legt er sich ins Zeug, sie besorgen sich die Heiratslizenz zur letzten Konsequenz, er zögert noch, er möchte warten, bis er Helen ernähren kann – da erstrahlt ihr Ruhm. Helen Mencken, als Heldin in »Seventh Heaven«, wird Liebling der Kritiker und des Publikums.

Je mehr sie zum Star am Broadway glamourt, desto mehr verdunkelt sich sein mickriger Stern. An Helens Seite wird er zur

Zielscheibe der spöttelnden Kollegen, doch dann macht er »The Cradle Snatchers«, den Hit mit der längsten Laufzeit der Saison 1925–26.

Ein Kritiker über ihn: »Er ist jung und Klasse wie Valentino, hat den Komödienschmiß wie E. H. Sothern, begnadet wie jeder unserer besten Schauspieler.«

Nun gibt er auf Helens Drängen nach, und sie heiraten in New York-Innenstadt am 20. Mai 1926.

Nach dem Ja-Wort kommen prompt die »Neins«. Er wird nach Chicago engagiert, Helen weigert sich, ihm in die Windy City nachzufolgen. Eineinhalb Jahre später reicht sie die Scheidung ein, wirft ihm vor, er würde seine Karriere über ihre Ehe stellen.

In diesem Zeitraum taucht in seiner Biographie erstmalig die Schicksalsvokabel Alkohol auf. Er kommt wieder zum Broadway zurück, mit »Saturday's Children« und geht mit seinem treuesten Kumpel aus der Nachbarschaft, William jr., ab sofort in die Nacht-Barschaft, um den Kummer seiner gescheiterten Ehe zu ertränken.

Doch nicht lange, und hinter der Bühne, wo er sich mit Freunden trifft, stößt er auf Mary Phillips – ja, der aus »Nerves« –, er lädt sie auf einen Drink ins »Sardi's« ein, sie ist nicht so hinreißend attraktiv wie Ex-Helen, aber sie ist sweet. Sie findet ihn charmant und ein bißchen altmodisch. Er heiratet sie ein Jahr nach seiner Scheidung.

Bogie-Gefährte Joe Hyams entschuldigt das so: »Es sind nun mal die 20er und 30er Jahre, und da setzte man nun einmal voraus, daß man zum Standesamt zog, wenn man miteinander geschlafen hatte. Ich glaube, das war es, was ihn in diese Ehe trieb.«

Er ist 28. Zwei Jahre läuft es prima, sie spielt ihre Rollen, er spielt seine Rollen, aber er wird hellhörig, der Tonfilm stellt die Welt auf den Kopf, die Aktien gehen baden, er denkt um. Auf Film. Die Fox, spätere Twentieth Century Fox, macht Probeaufnahmen, engagiert ihn zu Probeaufnahmen nach Hollywood. Mary Bogart mault, Film ist nicht ihr Fall. Er fährt im Zug nach Westen allein. Der Screen Test wird »großartig«, er catcht sich Nebenrollen in sechs Filmen, vom Cowboy (in »A Holy Terror«, 1931) bis zum ersten Gangster seines Lebens (in »Three on a Match«, 1932). So richtig weiß Hollywood mit dem

Knorkelgesicht nichts anzufangen. Als sein Vertrag mit Fox nicht verlängert wird, springt er in den nächsten Zug nach Osten. Der Broadway hat ihn wieder. Ebenso Mary.

Das frivole Augenzwinkern des Lebens. Mary offenbart ihm, daß sie ihn on tour mit dem männlichen Hauptdarsteller betrogen hat. Er schluckt es. Sie versuchen einen neuen Anfang, er weiß ihr ehrliches Geständnis zu schätzen, nichts wird jedoch sein, wie es war …

Auch beruflich. Der Broadway geht auf dem Zahnfleisch, künstlerisch wie finanziell. Zwischen 33 und 34 spielt Bogie in fünf Theaterstücken, von denen nur eines länger als eine Woche im Programm ist.

Mary und Humphrey ziehen in die Provinz, um wenigstens etwas Knete zu machen. Zurück am Broadway ist die Situation noch verheerender. Er macht ein Hobby zum Job, spielt in den Entertainment Parlors entlang der Sixth Avenue Schach, das Match für 50 Cents, der Gewinner kassiert beide Einsätze – davon müssen Humphrey & Sweet Mary leben.

Noch ein Schlag drauf. 1934 stirbt sein Vater, ruiniert, bankrott, rauschgiftsüchtig. Die große Erbschaft, die ihm Jahrzehnte lang vorschwebte, ist zusammengeschrumpft auf den Ring seines alten Herrn, den übrigens Bogie bis an sein eigenes Lebensende tragen wird.

Außerdem erklärt er sich bereit, für Daddys Schulden aufzukommen, über 10 000 Dollar!

Im selben Jahr dreht er in New York ein mieses, kleines Filmchen, »Midnight«, er hält sein Second Hand-Schuh-Gesicht für einen Gangsterpart hin. Dieser Film komischerweise handelt ihm wieder eine Hauptrolle am Broadway ein, als Bösewicht in dem Kassentriumph »Invitation to a Murder«. Er merkt, daß er als harter Brocken mehr Chancen hat als mit den Sonnyboys.

Bogie wittert Morgenluft.

Robert E. Sherwood, einer seiner Lästerer aus alten Greenwich-Kneiptournächten, hat ein Rührdrama »The Petrified Forest« geschrieben, mit einer Bombenrolle. Duke Mantee, ein eiskalter Killer im berüchtigten John Dillinger-Schnitt. Bogie geht den Produzenten Arthur Hopkins um ein Probesprechen an. Sherwood protestiert, das fehle noch, daß ausgerechnet der, über den er ständig hergezogen ist wegen seines Untalents, seinen Duke Mantee spielen soll!

146

Hopkins läßt sich nicht abbringen. Er will Bogie testen. Mit im Parkett des leeren Musentempels sitzt Leslie Howard, dem die andere Hauptrolle zugesagt wurde und der ein Mitsprache- recht in Besetzungsfragen hat.

Das Knautschgesicht mit der partiell gelähmten Oberlippe legt ein paar Kostproben von Duke Mantee hin. Regisseur und Produzent sind sprachlos. Leslie Howard brüllt: »Bogie ist Duke Mantee, versteht ihr?! Nur er allein, sonst keiner darf den spielen!«

Resultat: »The Petrified Forest« wird der Broadway-Knüller, »Bogart, the gangster« wird das New Yorker Stadtgespräch. Das Publikum kann die Verwandlung des Ex-Dandy-Rollen- spielers nicht fassen. Seine schnarrende Stimme, die an ungeöl-

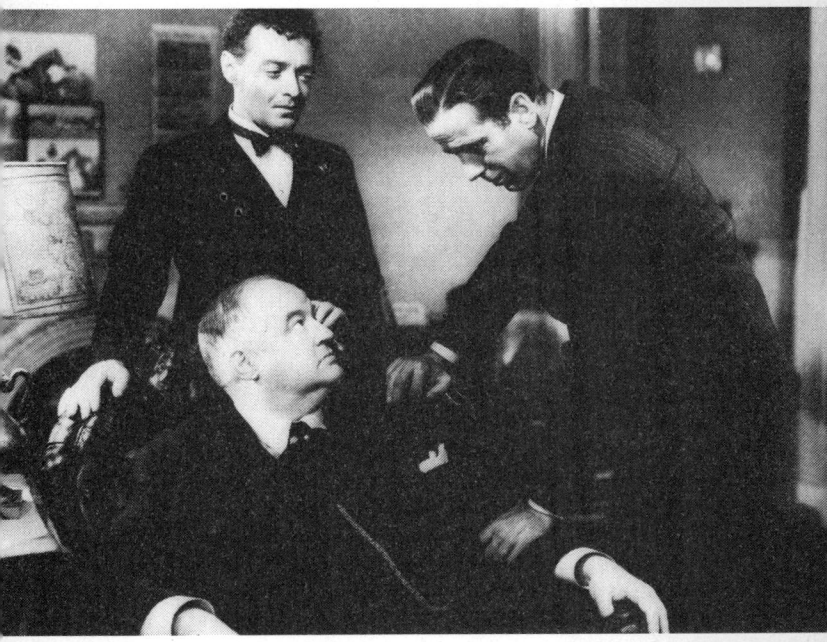

Ein Trio, das noch für einen anderen Klassiker gut war. Sydney Greenstreet, Peter Lorre und Humphrey Bogart in ›The Maltese Falcon‹ — ›Die Spur des Falken‹ (1941).

te Türen gemahnt, sein Staccatotimbre mit dem Horrorhauch von Lispeln, dieses untersetzte Leichtgewicht mit dem Drei-Tage-Bart in der breiten Gesichtshälfte, mit der Maschinenpistole unterm Arm, beherrscht die Bühne …

Er ist da auf diesem Planeten Erde: Gangster Bogie. Der Dollar rollt. Vaters Schulden werden bezahlt.

Hollywood läßt nicht lange auf sich warten. Warner Bros. Pictures kaufen die Rechte, machen mit Leslie Howard einen Vertrag, seine Rolle auch in der Verfilmung zu übernehmen, und sie optionieren, daß Bogart seinen Duke Mantee spielt.

Dies ist der siebente Himmel: Bogie fährt im Zug das zweite Mal ins kalifornische Paradies der broken Dreams, diesmal kommt Mary Phillips mit, jetzt ist er der Star in der Ehe. In Los Angeles erwartet ihn die siebente Hölle. Der Warner-Clan hat umdisponiert. Edward G. Robinson ist viel zugkräftiger in der Gangsterpartie, gewiß, Bogart hat den sinistren Charakter am Broadway kreiert, aber Robinson ist bereits ein etablierter Filmstar. Sorry, er und Leslie Howard garantieren nun mal das totale Kassenklingeln.

Bogart speit Feuer. Er läßt sich doch nicht seine Rolle wegnehmen. Leslie Howard weiß am besten, daß er den Duke Mantee gemacht hat. Er war es gewesen, der ihm geholfen hat, am Broadway den Part zu kriegen – würde Leslie sich noch einmal für ihn einsetzen?

Telegramm mit SOS nach Schottland, wo sein Partner Ferien macht.

Nächster Tag. Telegramm aus Schottland an Jack L. Warner persönlich: Entweder Bogart spielt den Verbrecher, oder er, Leslie, macht nicht mit.

Ein hartes Ding. »J. L.«, das Ekel vom Warner Boulevard 4000, in der Gefahr, sein Gesicht zu verlieren. Er ist der Big Man, er läßt sich nicht erpressen. Kompromiß. Screen Test mit Bogie. Noch ein Test. Noch einer. Dann gibt sich Jack L. Warner geschlagen. Leslie Howard ist historisch der einzige Schauspieler, der einen Disput gegen Mr. Warner gewonnen hat.

Niemals wird Humphrey seinem Freund das vergessen, und viele Jahre später wird er, als ein honoriges Dankeschön, seiner Tochter den Namen Leslie geben …

Als der Film rauskommt, geht ein Jubeln von Coast zu Coast, Bogie ist der neue Star, nur einer jubelt nicht. Jack L. Warner.

Er hat den Neuen verhältnismäßig billig in einen Mehrjahresvertrag gepreßt. Aber was will Warner Bros. Company mit noch einer Knittervisage, wo sie bereits so schwere Jungs wie Cagney, Robinson und George Raft auf der Pfanne hat?

Nun gut, er gibt einen guten Nebenpart ab, den Cagney, Robinson oder Raft übern Haufen knallen können. Und so werden die nächsten Jahre seiner Karriere aussehen.

»In meinen ersten 34 Filmen«, wird er bald stöhnen, »wurde ich zwölf Mal erschossen, acht Mal auf dem elektrischen Stuhl oder am Galgen hingerichtet, viermal erstochen, zweimal vergiftet. In neun saß ich hinter Gittern. Ich hatte mehr Szenen, in denen ich mich schmerzverzerrt auf dem Boden herumwälzte, als daß ich aufrecht ging oder stand ...«

Die Jahre der Gangster-Movies, Warner's Brot & Butter. Bogie, das ewige Schlußlicht im finsteren Schwarzweiß, der Zweitrangige und Zweitklassige.

Jack L. Warner, vielleicht kann er nicht verwinden, daß er wegen Bogie mal den Kürzeren gezogen hat, äußert zwei berühmte vernichtende Sätze über seinen Vertragsschauspieler. »Er ist nicht aus dem Holz der Stars geschnitzt«, ist der eine. »Nichts kann diesem Gesicht widerfahren, was es lädieren könnte«, ist der andere.

Aber Jack L. hat sich schon mal gigantisch getäuscht. Probeaufnahmen mit einem gewissen Clark Gable legte er ad acta mit den Worten »Der hat zu große Ohren, der wird nie was«.

Well, die ersten sieben Hollywoodjahre nagen schwer an dem New Yorker mit der Narbe auf der Oberlippe. Jetzt hat er eine gute Gelegenheit, seinen Zynismus, ätzenden Witz und sein philosophisches Unbehagen zu fördern. Er freundet sich mit ketzerischen Haltungen an, mit feindseligen Meinungen über das Hollywood-Establishment. Er, der Mensch am falschen Platz. Am Sunset Strip mietet er sich mit seiner Mary einen Bungalow in »The Garden of Allah«, einem Hangout der Rebellen, Abgewiesenen, Enttäuschten und der Motzer. Klein-Greenwich Village, nur eine Spur zerbrochener. Wo das Klopfen an der Tür ausnahmslos von der Frage begleitet wird: »Kannst du mir 'ne Tasse Whiskey leihen?« Bogie hebt die Tassen hoch, er liebt die Saufgelage mit den Autoren, mit den Nichtangepaßten.

Und er entwickelt dubiose Leidenschaften. Die Hollywood-Presse führt er mit ersponnenen Stories aus seinem Leben an der Nase herum. Lautstark zieht er über die Machenschaften der Big Bosses und Big Konzerne her, während es um ihn herum nur Superstars gibt, die mustersöhnlich und mustertöchterlich gerade mal in Interviews entzückt ausplaudern, daß sie gern Salz und Pfeffer auf Tomatenscheibchen streuen ...

Bogie wird Mr. Heißes Eisen. Seine Fans mögen das, aber sie verstehen nicht, wie das zu seinen anspruchslosen Rollen passen soll. Er ist ein Gekränkter, der schimpft, dem sein Boß keine Chance gibt, und nun macht er alle Bosse und das System mies.

Down geht es und immer downer. Allnächtlich durch alle Bars und Nightclubs.

Natürlich ist ihm längst die Frau davongelaufen, zurück zum Broadway. Einen Doppelten darauf, Waiter! Die Ehe ist im Eimer, er braucht Gesellschaft. Er nimmt sich Mayo Methot, wieder was Reiferes, die Hauptdarstellerin in seiner wildesten Zeit. Mayo fasziniert ihn körperlich, Mayo lacht gern und hat ein Riesentalent im Saufen, im Szenemachen, im Ohrfeigen und Vasenwerfen.

Er kennt sie aus New York, wo sie »Song and Dance Man« und »Great Day« halbwegs nüchtern über die Bühne brachte. Bei einem Firmendinner in L. A. laufen sie sich in die Arme, sie trinken sich gegenseitig unter den Tisch, und er sieht ein, daß das Schlucken und Kippen mit ihr mehr Drive drauf hat als mit seinen Geschlechtsgenossen. Erst nimmt er sie zu Weekends mit auf seine Yacht in Newport Beach, dann in seinen Bungalow in Allahs Garten.

Dort teilen sie beide eines Morgens vollgetankt das Ehebett, als unangekündigt Madame Mary Bogart in der Tür steht und beide Handflächen an ihren entsetzt aufgerissenen Mund schlägt.

Damit ist die Scheidung klar.

Und am 20. August 1938 heiratet er seine blonde Saufkumpanin in Beverly Hills.

Jetzt kann nichts Unvorhergesehenes mehr passieren. Glaubt er. Schluck. Er sieht sie doppelt. Sie sieht ihn doppelt. Und von ihrer Trauung wird berichtet, daß sie beide die Frage des Friedensrichters »Wollen Sie ... zur Frau (zum Mann) nehmen?« nicht mit dem obligaten »Ja«, sondern mit dem persönlicheren »Hick!« beantworteten.

Er ist 38, sie 35. Sie hat für ihn und für ihre Gelage ihre Kar-

Mit Mayo Metho.

riere aufgegeben. Bogie, im Grunde seines Herzens ein erzkon-
servativer Last-Century-Boy, wähnt sich am Ziel ehelicher
Träume. Mayo ist nur für ihn da. »Wenn du nicht verheiratet
oder verliebt bist, dann hängst du in der Luft, und das ist wenig
angenehm«, hat er einmal seine Meinung über Partnerschaften
geäußert.

Aber gerade weil Mayo total wie eine Klette an ihm hängt,
sind schlagartig die Probleme wieder da. Neue Probleme. Was
im Flirtstadium vergnüglich war, wächst sich satanisch aus.
Mayo ist rasend eifersüchtig, und sie ist manisch aggressiv. Ein
mordlüsternes Weib.

Nat Benchley, der Hausbiograph: »Betrunken wurde sie zur
Furie. Ich habe gesehen, wie sie das komplette Geschirr durchs
Haus geworfen hat, einfach so aus Spaß! Ein winziger Scotch –
und sie wurde fürchterlich.«

151

Der Barkeeper vom »21«-Restaurant in New York erlebt eine derartig handgreifliche Kommunikation, daß er Bogies Mittagessen in der Herrentoilette servieren läßt, am einzigen stillen Örtchen, wo Mayo ihm nicht amoklaufend nachstellen kann ...

Joe Hyams gibt zu Protokoll: »Mayo war sehr sexy, sehr hübsch und verführerisch, und ich meine, daß er ihr körperlich hörig war. Er war betrunken, als er sie kennenlernte, und in diesem Zustand blieben sie ihre gesamte Ehe hindurch. In ihrer Hochzeitsnacht veranstalteten sie eine total volltrunkene Rauferei, und sie jagte ihn aus dem Haus. Die Hochzeitsfeier selbst war eine der klassischen in Hollywoods Historie – mit Mischa Auer, die splitternackt auf der Tischplatte tanzte. Bogie gestand mir einmal, daß ihn Mayo bewußt unter Alkohol setzte und hielt, weil sie nur so sicher war, daß er sie nicht verlassen konnte ...«

Sie legt ihn an die hochprozentige Kette!

Es gemahnt an ein Wunder, daß er trotz allem sogar noch richtige Filme machen kann. Zwischen 37 und 40 schlingert er durch vierundzwanzig Kinostreifen, von denen nur wenige erwähnenswert sind: »Dead End«, »San Quentin«, »Crime School«, »The Amazing Dr. Clitterhouse«, »Racket Busters«, »Angels with Dirty Faces«, »The Roaring Twenties«, »Dark History«, »They Drive by Night«, »Virginia City« und »Brother Orchid«.

Aber die wahren Thriller finden daheim statt. Mayo sticht Bogie ein Fleischermesser in den Rücken. Mayo unternimmt einen Selbstmordversuch mit dem Revolver, ist aber derart hinüber, daß sie das Magazin an die Schlafzimmerdecke leerfeuert. Der Gangsterdarsteller mit der unbeweglichen Oberlippe hat guten Grund, allmählich um sein Leben zu fürchten ...

Kann er überhaupt noch seine Drehbücher und seine privatintimen Thriller auseinanderhalten?

1941 bekommt Humphrey DeForest Bogart, der vermaledeite Arzt- und High-Society-Sohn aus New York, der Ex-Werbestar für Babynahrungskonserven, die Chance, auf die er die ganze Zeit gewartet und bisher vergeblich angestoßen hat: »High Sierra«. Eigentlich soll George Raft den Mad Dog spielen, der im Kugelhagel in den Kalifornischen Bergen durchsiebt wird. Aber George Raft, der Superstar, lehnt ab, weil er prinzipiell etwas dagegen hat, im Finale zu sterben. Paul Muni, der andere

Warner-Superstar, lehnt ebenfalls ab, weil die Rolle nämlich zuerst George Raft angeboten worden ist. Auch Edward G. Robinson sagt nein, weil er es mit seinem Starstatus nicht vereinbaren kann, eine von George Raft und Paul Muni abgelegte Rolle anzunehmen. Jack L. Warner, der große Häuptling Manitou im Hollywood-Reservat, muß in den sauren Apfel beißen und seinem ungeliebten hoffnungslosen Fall den Part antragen.

Nun packt er die Gelegenheit, allen um ihn herum, die ihn belächeln und bespötteln, das Staunen beizubringen: Bogie wird mit »High Sierra« ernstgenommen.

Sein Manager Sam Jaffe kommentiert: »Genaugenommen war Bogarts Karriere nur möglich, weil die anderen seine Rollen ablehnten …

Als Mad Dog Roy Earle ist er jäh top. Die Kritiker und das Publikum feiern ihn überschwenglich. Nur Jack L. Warner zuckt unverändert die Achseln und sagt: »Na und? Er ist eben wieder so ein Gangster. Okay, er ist ein schwerer Junge, aber er wird niemals ein Frauenliebling …«

Warte es nur ab, Jack!

Die nächste Chance folgt auf den Fuß. John Huston, Sohn des berühmten Schauspielers Walter Huston, noch ein Nobody, erscheint auf der Bildfläche mit einem ungewöhnlichen Script – »The Maltese Falcon«, nach einer Story von Dashiell Hammett. John Huston wird auch die Regie führen. Er ist ein Freund und Saufkumpan aus dem »Garden of Allah«-Greenwich-Village am Sunset Strip. Er schlägt Bogie für den Part des Sam Spade vor.

Big Warner ist entsetzt. Nein, das muß George Raft machen.

Wieder funktioniert Bogies Roulett. Raft, der eingebildete Eitelkopf, stellt ein Ultimatum, mit einem unbekannten Regisseur arbeitet er nicht zusammen – entweder ein prominenter Director oder er pfeift drauf. Groß-Warner ist vertraglich nicht in der Lage, John Huston den Laufpaß zu geben. Wer bleibt wieder übrig?

Humphrey Bogart.

Der Trenchcoat-Mann erblickt das Licht der künstlichen Sonnen.

Und zum ersten Mal ist er der Liebhaber, der Lady's Man. Zusammen mit Mary Astor schauspielert sich das Knautschgesicht mit dem Lispeltouch in die einsamen Herzen von Millionen Mädchen und Frauen. Mr. Screen Romance ...!

Der »Malteserfalke« hebt triumphal ab. Bogart ist Nummer 1. Und auf einem Kontinent, auf dem die Jugend vergöttert wird, ist er ein überraschender Beweis, daß man auch mit 41 noch was werden kann.

»J. L.« und »H. B.« schließen Frieden.

Auch den nächsten John Huston-Coup »Across the Pacific« macht Bogie mit, wieder zusammen mit Mary Astor und Sydney Greenstreet. Tja, und in diese Dreharbeiten platzt Hal B. Wallis, nimmt sich das öffentlich auf Hochglanz polierte Flaschenkind beiseite und bietet ihm das Projekt an, das da »Casablanca« heißen soll ...

Mr. Screen Romance und die saunafrische, tannennadeln-jungfräuliche Ingrid Bergman aus Schweden. Die einzige Unschuld vom Lande, die Sinner-Hollywood zu bieten hat. Der Freund der harten Sachen und die Freundin des sanften Lächelns. Wenn das keinen Kombination ist?

Und Bogie und Bergie werden das Liebespaar aus dem Märchenbuch für Erwachsene.

Laut Drehbuch, das Seite für Seite und Drehtag für Drehtag auf den Set flattert. Vor der surrenden Kamera. Hinter der Kamera bleiben Humphrey & Ingrid zwei unvereinbare Fremde. Sie machen ihren Job, haben sich nichts zu sagen.

Das Stockholm-Girl paßt nicht in Bogies Welt der klirrenden Gläser und zynischen Sprüche. Was soll er privat mit einer Antialkoholikerin?

Die nicht ohrfeigt, nicht mit dem Fleischermesser kommt?

Und noch etwas gibt die junge Bergman von Selznicks Gnaden unmißverständlich zu erkennen. »Casablanca« nimmt sie nicht ernst. Ein Nebenbei-Engagement. In Gedanken ist sie bei Hemingways »Wem die Stunde schlägt«, bei Gary Cooper und dem oscarverdächtigen Maria-Part, um den Selznicks unverändert kämpft. Die Dreharbeiten an dem großen »C« nerven sie. Wen liebt sie denn nun wirklich? Den Victor Laszlo oder den Rick Blaine? Keiner gibt ihr eine Antwort, weil das Script ein tägliches »Fortsetzung folgt« darstellt.

Einen ziemlich einsilbigen Kommentar hat Ingrid Berman der Nachwelt hinterlassen. »Ich küßte ihn, aber ich habe ihn nie gekannt«, resümiert sie ihr Verhältnis zu Good ol' Bogie Man.

154

Als Sam Spade in ›The Maltese Falcon‹ – ›Die Spur des Falken‹.

Und was sagt er?

»Sie hat es mir unendlich leicht gemacht. Wenn die Kamera in Ingrid Bergmans Gesicht fährt, und sie sagt, daß sie mich liebt, dann sagt sie es mit einer Überzeugungskraft, daß jeder Zuschauer mir die Liebe abkauft. Jeden würde sie zum Romantiker machen – selbst den nächstbesten Kleiderständer!«

Er ist so, wie er immer ist. Aber im Tête-à-tête mit Schwedens Jeanne d'Arc schmilzt der ehemalige Gangster vom Dienst zum glaubwürdigsten Valentino aller Zeiten dahin …

Das gibt Ärger daheim.

Mayo, sein Whisky-Drachen, sieht rotumrändert. Gleich nach den ersten gemeinsamen Einstellungen mit Miss Bergman wittert sie Bogie im siebenten Shooting-Himmel. Tyrannisch eifersüchtig stellt sie ihm nach. Jede Nacht macht sie ihm die Hölle heiß, daß er endlich seine Seitensprünge mit Ingrid zugeben solle. Auf dem Set bombardiert sie ihn mit hysterischen Telefonanrufen. Schließlich droht sie ihn umzubringen. Der Maskenbildner von »Casablanca« hat seine liebe Not, Bogies schier regelmäßige Gesichtsverletzungen, die er von daheim mitbringt, wegzuschminken.

Eines Morgens, so gesteht der Rick Blaine-Verkörperer seinem Manager Sam Jaffe, habe Mayo versucht, ihm mit einer chinesischen Vase den Kopf zu zertrümmern.

Das sind alles keine Scherze mehr.

Ein anderes Mal schmeißt sie ihm eine schwere Sodaflasche hinterher, die ihn nur um Zentimeter verfehlt.

Bogie überredet Sam, auf sein Leben eine 100 000-Dollar-Versicherung abzuschließen, damit wenigstens der Agent keine finanziellen Probleme hat, falls Mayo mal besser trifft. Er sagt: »Zum Glück ist Mayo immer betrunken, wenn sie ihre Angriffe startet. Sollte sie jemals nur für eine Minute nüchtern sein, würde das meinen sicheren Tod bedeuten …«

Barry Norman, ein anderer Bogie-Biograph, kommt zu dem Schluß: »Humphrey Bogart hatte das Aussehen eines knallharten, kaltblütigen Berufskillers, aber im tiefsten Innern war er noch weicher als ein 3 Minuten-Ei.«

Oder wie formuliert es Regisseur Stanley Kramer? – »Er war eine große Schüssel Pudding.«

In seiner Ehe lebt Humphrey Bogart gefährlicher als eine Schnecke, die in der Rushhour über den Hollywood Boulevard kriecht, aber unverdrossen hält er zu seiner angetrauten Berserkerin, er weiß, daß sie psychisch schwer krank ist, daß ihr kein Psychiater helfen kann, immer wieder verzeiht er ihr. Sicherheit, das Gefühl, nicht gleich erschlagen oder erstochen zu werden, ist ihm lediglich im Warner-Studio vergönnt, die Arbeit an »Casablanca« ist seine letzte Oase, sein persönliches Niemandsland im Ehehöllenland.

So dreht man einen Kultfilm des Jahrhunderts.

Auf dem Lot sagt er in die surrende Kamera und ins versteckte Mikrophon: »Ich seh' dir in die Augen, Kleines.«

›Casablanca‹ – ihr einziger gemeinsamer Film.

Und zu Hause in den eigenen vier Wänden, inmitten fliegender Untertassen und Blumenvasen, sagt er: »Ich seh' dir in die rotumränderten Augen, Kleines.«

Bogie spielt sich schlichtweg das ganze Jammertal einer verkrachten Ehe aus dem Leib.

Jammertäler gibt es viele. Und vielleicht hat jeder von uns sein Jammertal, das er sich aus dem Leib wegsieht, wenn er 102 Minuten lang im Kino und im Video-Heim am »Casablanca«-Tropf hängt …

VIII.
Wieviele Zigaretten raucht ein Frauenheld in 102 Minuten?

Wer sich immer wieder gern »Casablanca« anschaut – vielleicht morgend abend in Ihrer Glotze, in Ihrem Off-Off-Kino um die Ecke oder jetzt gleich per Knopfdruck in Ihrer eigenen Video-anlage –, sollte sich ein besonderes statistisches Vergnügen nicht entgehen lassen.

Wir leben nun mal in einer Zeit der Zahlen und des Abzäh-lens. Also legen Sie sich einen Block samt Griffel auf den Schoß und zählen Sie mit. Haken Sie ab, wie oft Ingrid Bergman weint, wie oft sich Bogie und Bergie im Clinch liegen und küssen, wie oft sich dieser, jener eine Zigarette anzündet und wie oft zum Drink gegriffen wird.

Interessant: Ingrid Bergman weint ausnahmslos einseitig. In Mono, nicht Stereo! Jawohl, nur links. Nur aus ihrem linken Auge quillt das Tränchen und läuft bis zur Wange hinab. (Eine Frage, die erfahrene Mediziner in Verlegenheit bringt – ist es möglich, daß ein Mensch exklusiv aus einem einzigen Auge weint?)

Ilsa Lund von »Casablanca« löst sich genau dreimal in eine Träne links auf!

Genau so oft kommt es zum Verschmelzen der Bogart- und Bergmanlippen.

Viermal fällt der Zärtlichkeitsrefrain »Ich seh' dir in die Au-gen, Kleines« (»Here's looking at you, kid«).

Eine Serie von Strichen ergibt das statistische Phänomen »Zi-garettenrauchen«.

Kein einziger Strich für Ingrid Bergman. Als sauberes Frau-chen von 1941 darf die Frau nicht qualmen, muß stets kußfrisch sein.

Aber die Männer!

Humphrey Bogart alias Rick Blaine bricht die Nikotin-Schall-mauer mit klarem Vorsprung. Auf einer Länge von 102 Minuten schafft er 14 (in Worten: vierzehn) filterlose Zigarettenszenen. Und alles wird durchvariiert. Mal – wie bei seinem Entree – liegt die brennende Fluppe im Aschenbecher und er führt sie an den

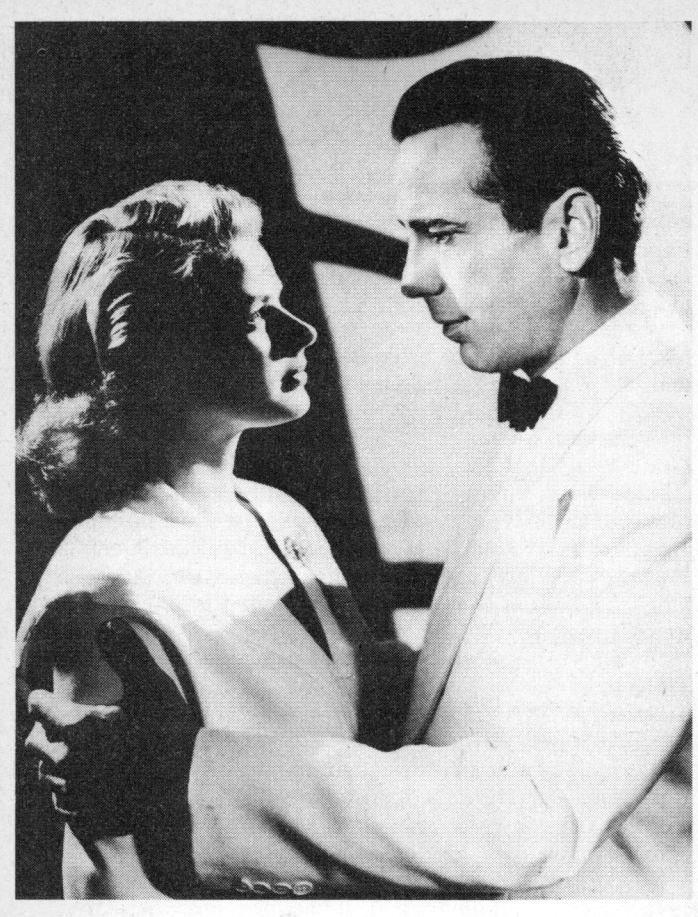

Mund, mal hat er sie bereits im Mund, mal zündet er sie sich an, im Gehen oder Sitzen, mal steht er während eines Gesprächs in seinem Büro auf, holt den Zigarettenkasten vom Tisch, möchte eine herausklauben, aber der Kasten ist leer, mal baumelt sie ihm lediglich im Mund. Atemberaubend!

Ricks Gegenspieler von der Gestapo bescheidet sich. Fünf Zigaretten sind Major Heinrich Strasser laut Drehbuch und Regie gestattet.

Widerstandskämpfer Victor Laszlo darf viermal qualmen – just so oft wie dieses Charme-Aas Capitaine Louis Renault.

Señor Ferrari zeigt sich von der extravaganten Seite. Er trägt Fez und Fliegenklatsche, und bei seinem Zigzentnerschwergewicht würde sich ein bescheidener Sargnagel auch reichlich fehl am Platz erweisen. Ferrari raucht Zigarre!

Rick Blaines Personal im »Café Américan« hat gefälligst zu arbeiten und nicht zu inhalieren. Oder sind sie alle durch die Bank Nichtraucher?

Ach, einer fehlt: Ugarte. Trotz seines engbemessenen Auftretens bis zur Festnahme, die für ihn im Gefängnis tödlich endet, bläst Peter Lorre genau drei Zigaretten in die Kamera.

Stichwort »Social Drinking« ufert derart aus, vom Champagnercocktail, Champagner, Cointreau bis zum Whisky, Bourbon etc., die gesamte Belegschaft hängt am Gläserrand, daß man rasch das Zählen und die jeweilige Identifikation der Getränke aufgeben wird. Zusammenfassend bleibt zu sagen, wer nicht gerade Text rausläßt, trinkt, nippt, schüttet, schluckt.

Der diebische Statistikerspaß führt zu ernsthaften Entdeckungen. Keine Knutschszene für Victor Laszlo und Ilsa Lund. Sie sind verheiratet, beteuern sich ihre Zuneigung, lächeln sich auch gelegentlich zu. Beweis: Nur Bogie und Bergie lieben sich leidenschaftlich.

Der Cecil-B.-Demille-gigantische Aufwand an Qualmerei und Trinkerei enthüllt dem Laien, daß »Casablanca« auf einem Theaterstück basieren muß. Es ist und bleibt ein Play mit einem einzigen Schauplatz und einem Wust von miteinander sprechenden Menschen.

Und was kann ein verzweifelter Regisseur wie Michael Curtiz da zaubern, um wenigstens ein wenig Action und Bewegung in die ewigen Talkshows zu packen?

Antwort: siehe oben.

Zweimal trägt Humphrey Bogart seinen berühmten Trenchcoat und seinen berühmten Hut. Einmal wird er patschnaß geregnet, auf dem Bahnhof in Paris, als er zusammen mit Sam auf Ilsa wartet, die nicht kommt. Einmal regnet es nicht, im Finale auf dem Airport von Casablanca, im berühmtesten Finale der

Filmgeschichte, dafür ist Nacht und es wogt der Nebel. Dies brachte amerikanische Cineasten zu der erdkundlichen Frage, ob es denn überhaupt in Marokko solch einen britischen Nebel gebe.

Die modische Ausstattung der Beteiligten entspricht Hollywoods Auslegung von Realismus. Ein Zipfel Kostümfilm muß schon sein. Darum haben Zuschauer, die nur kurz in »Casablanca« reinschauen, meist den Eindruck, bei dem Geschehen handele es sich um eine gediegene Neckermann-Reisegruppe, Abteilung erste Klasse, die in Casablanca Zwischenstation macht und auf ihren Weiterflug nach Lissabon wartet.

Der Widerstandskämpfer Victor Laszlo hat den Garderobenaufwand eines gepflegten Monte Carlo-Eintänzers, auch seine ihn moralisch und idealistisch unterstützende Gattin kommt daher – wie von Dior ...

Pardon, liebe Leserin, lieber Leser. Niemand schafft es, sich über »Casablanca« lustig zu machen. Diese Haarspaltereien tangieren nicht.

Rütteln nicht an dem Meisterwerk aller Zeiten.

Ein paar unfreiwillige Lacher gibt es heutzutage lediglich, wenn der Film beginnt, wenn der Vorspann mit den Credits, unterlegt von einer Afrika-Landkarte, vorbei ist – in Großaufnahme dreht sich in wabernden Wolkendünsten ein praller Kürbis – oder ist's ein Fußball? – wie ein überirdisches rundgepreßtes Frühstücksei aus Frankensteins Laboratorium, und eine Offstimme setzt zum Reden an.

Die Welt ist es, die dort rotiert. Die Trickkamera fährt wie Space-Lab auf Europa zu, und in rasanter Bildfolge wird der Text des Erzählers illustriert, durch die einzelnen Landkartenausschnitte schimmert dokumentarisch ein Flüchtlingsstrom.

Frühestens nach einigen Sekunden sind die letzten Lacher im Parkett verstummt.

Der Off-Sprecher verkündet: »Mit Ausbruch des Zweiten Weltkrieges wandten sich viele Augen im eingeschlossenen Europa hoffnungsvoll – oder verzweifelt – nach Westen – der Freiheit Amerikas zu ... Lissabon wurde zum größten Umschlaghafen. Doch nicht jedem gelang es, direkt nach Lissabon zu kommen. So entstand plötzlich eine Route, auf der die Flüchtlinge mühsam und auf Umwegen ihr Ziel zu erreichen versuchten. Von Paris nach Marseille ... über das Mittelmeer nach Oran ...

Selbst unter seiner aalglatten Schale verbirgt sich ein patriotischer Kern. Captain Renault reißt sich kein Bein heraus, die Flucht zu verhindern.

dann mit dem Zug, dem Auto oder zu Fuß durch das nördliche Randgebiet Afrikas nach Casablanca in Französisch-Marokko. Hier konnten die Glücklichen vielleicht durch Geld oder Einfluß oder reinen Zufall Ausreisevisa bekommen und nach Lissabon gelangen ... Aber die anderen warten noch in Casablanca, und sie warten ... und warten ... und warten ...«

Michael Curtiz, der Ex-Budapester mit dem Kaltwasserzwang, legt ein mitreißendes Tempo vor. In atemloser Hast setzt er Bild an Bild, meist eindrucksvolle Großaufnahmen, die Kamera zoomt, die Kamera fährt durch die meist in fahles Licht und tiefe Schatten getauchte Szenerie. Es ist der Regisseur, der die Action aus dem Hut zaubert.

Sein ständiges Kommando an jeden Schauspieler lautet: »Schneller!«

Seine Antreiberei, die an einen Cheftrainer einer olympischen Sprinterstaffel gemahnt, geht den Darstellern schon bald auf die Nerven, so daß sie sich keinen besseren Rat wissen, als den Tempodirigenten hin und wieder auf den Arm zu nehmen.

Peter Lorre und Bogie, das freundschaftliche Duett, werfen sich die Bälle zu.

Eines Drehtages warnt Humphrey Bogart mit ernster Miene den Regisseur.

»So schnell können wir das nicht machen, Mike«, sagt er nach Luft schnappend. »Ich meine, wir brauchen einfach etwas Zeit, um auf das zu reagieren, was wir sagen – um nachzudenken.«

»Meinetwegen denk nach«, fällt ihm Curtiz ins Wort, »aber mach keine Pausen. Der Text muß avanti kommen – im schnellen Takt der Story.«

»Du meinst – einfach so die Zeilen wegwerfen?«

»Nein, nein«, protestierte Michael Curtiz. »Nichts wegschmeißen. Jock Varner und Hal Vallis zahlen den Drehbuchautoren dickes Geld. Sprich' einfach schnell. Ich werd' dir schon sagen, wenn es mir zu langsam ist.«

In diesem Augenblick blinzelt Peter Lorre seinem berühmten Trinkbruder zu. Bogie schaltet blitzschnell. Er weiß, wenn sich Pete in das Gespräch einmischt, dann hat er was auf der Pfanne.

»Entschuldige, Bogie«, sagt Peter Lorre sanft, »aber ich glaube, Michael hat recht. Wenn wir unsere Szenen so schnell wie möglich spielen, kommen wir vielleicht hin bis zum Wochenende. Und dann brauchen wir uns keine Sorgen zu machen, gegen unsere Verträge zu verstoßen. Stimmt's Bogie?«

»Richtig, Pete«, willigt Bogie ein. »Daran habe ich überhaupt nicht gedacht.«

Hellhörig geworden, macht Michael Curtiz lange Ohren. »Was redet ihr da über eure Verträge?« fragt er völlig verdattert.

»Ich wollte dich nur daran erinnern, daß Bogie und ich keine Weekend-Schauspieler sind«, wendet sich Lorre dem hageren Ungarn zu.

Bogie nickt. »Genau.«

»Was meint ihr mit – Weekend-Schauspielern?« geht Curtiz voll auf den Leim.

Lorre lächelt scheinheilig. »Na, Michael, du wirst doch wohl über unsere Verträge informiert sein. Wir sind schließlich nicht die einzigen mit diesen speziellen Vertragsklauseln. Bei deiner langjährigen Erfahrung mußt du doch wissen, daß es in Holly-

Die hellste Szene des Films. Rick und Ilsa einmal am Tage, im Bazar von Casablanca.

wood Weekend-Schauspieler und Wochentags-Schauspieler gibt. Tut mir leid – Bogie und ich, wir dürfen nicht am Wochenende arbeiten.«

Jäh durchschaut Humphrey Bogart die Pointe seines Freundes, und er gibt selbst noch einen drauf, damit Michael Curtiz völlig aus dem Häuschen ist. »Sorry, Mike, das habe ich total vergessen. Pete und ich, wir arbeiten nur von Montag bis Donnerstag. Niemand wird uns jemals vorwerfen können, daß wir Weekend-Schauspieler wären …«

Der Eiskaltwasserduscher ist fassungslos. »Das ist unmöglich! Das gibt's doch nicht! Schauspieler, die nur am Wochenende drehen?«

Bogie sieht, wie Mike abhebt, um in die Luft zu gehen. Er bittet ihn: »Hör mir zu, Mike, daß du ja nicht Pete und mir die Schuld in die Schuhe schiebst. Wir können nichts dafür.«

Curtiz hängt geistig an der Palme, er flattert mit beiden Händen und brüllt, daß die Kulisse wackelt: »Verdammt noch mal – Weekend-Schauspieler! Diese verfluchten Schauspieler!«

Erst am nachfolgenden Freitag, als Humphrey Bogart und Peter Lorre pünktlich auf dem Set erscheinen, kriegt Michael Curtiz mit, daß er von den beiden verscheißert worden ist …

Spaß muß sein, besonders in diesem 50 Drehtage-Streß. Und der hakennasige Workaholic mit dem gebrochenen Gastarbeiteramerikanisch bietet eine gelungene Zielscheibe.

Auch Claude Rains-Renault legt eine Sondervorstellung auf die Studiobretter, die in die Hollywoodannalen eingehen wird.

In aller Herrgottsfrühe hat er eine Szene. Für Claude Rains ein Riesenproblem, denn vor elf Uhr ist sein Adrenalinspiegel normalerweise auf dem Tiefstpunkt. Er hat an Rick Blaines Eingangstür zu klopfen, Bogart öffnet, und Rains kommt rein, blickt sich aufgeregt im Café um, denn er will Victor Laszlo verhaften. Ein dramatischer Moment.

Michael Curtiz läßt den Auftritt mehrere Male proben. Er ist nicht zufrieden. Jedes Mal brüllt er: »Schneller, verdammt nochmal!«

Claude Rains, der auch privat einen deftigen Schuß Louis Renault intus hat, sieht den Augenblick gekommen, dem ungarischen Tempofanatiker eins auszuwischen.

Er wartet, bis heiß gedreht wird. Curtiz schreit: »Action!« Claud Rains klopft an die Tür. Bogie öffnet und bricht im selben

Wann sind Nebenrollen einmal so optimal besetzt? Peter Lorre als Ugarte.

Augenblick in ein brüllendes Gelächter aus – Rains rast an ihm vorbei ...

... auf einem Fahrrad!

Das Studio ist aus dem Häuschen. Dem Regisseur hat es die Sprache verschlagen. Und Claude Rains springt in seiner Polizeipräfektenuniform vom Sattel und ruft: »Schnell genug? Oder soll ich es mit einem Motorrad versuchen?«

Michael Curtiz, der keinen Humor versteht, muß was mitmachen. Zum Glück – es gibt nichts, was ihn erschüttern könnte.

Es gibt kein fertiges Drehbuch. Na und? Michael Curtiz dreht einfach chronologisch, von vorn bis hinten. An jedem Sonntag ist auf seiner Ranch »The Grove« Buchbesprechung. Mit dabei Hal B. Wallis und Howard Koch. Auf dem Boden breiten sie sämtliche Script-Versionen für die nächsten Arbeitstage aus. Und das ist einiges, denn auch die Epstein-Zwillinge arbeiten weiter an der Story mit. Kein Autor weiß vom anderen. Auf

167

Curtiz' Ranch wird alles zusammengekocht, und dann ist man wieder ein paar Drehbuchseiten weiter.

Daß ein neuer Autor, nämlich Howard Koch, am Werken ist, merkt man schon daran, daß sich drei weitere Fehler in »Casablanca« einschleichen.

Als Major Strasser auf dem Airport eintrifft, brüllt ein Spieß die Nazigarde an: »Habt acht! Heil Hitler! Heil Hitler! Heil Hitler!« Dieses eigentümliche Militärdeutsch ist jedoch heute nur in der amerikanischen »C«-Originalversion zu beschmunzeln. Der deutsche Synchron-Übersetzer Wolfgang Schick hat daraus korrekt »Achtung! Heil Hitler! Heil Hitler! Heil Hitler!« gemacht.

Howard Koch legt die Figur Rick Blaine so dramatisch an, wie es sich Humphrey Bogart ausbedungen hat.

Er ist nicht mehr der Ex-Prominentenanwalt mit geschiedener Gattin und verlassenen Kindern in Paris, sondern ein ehemals knallharter Freiheitskämpfer, der in Spanien mitgefightet und Waffen nach Äthiopien geschmuggelt hat, der dann jedoch resignierte. Also Rick Blaine war das einmal, was Victor Laszlo jetzt ist.

Und somit packt Howard Koch seine persönlichen Geschichtskenntnisse ins Script. In Renaults Büro unterhalten sich Major Strasser und der Polizeipräfekt über Rick Blaine. Strasser macht eine herabsetzende Bemerkung, daß er ja auch nur einer von den stümperhaften Amerikanern sei. Darauf erklärt ihm Renault, daß er mit dabei war, als die stümperhaften Amerikaner damals in Berlin »reingestümpert« sind – 1910! Natürlich war 1918 der Sieg der Alliierten …

In der deutschen Synchronversion ist dieser Schnitzer dank Wolfgang Schick korrigiert worden.

Wer möchte da so kleinlich sein?

Wo doch die komplette »Casablanca«-Story, die sich mit aufklärerischem Realismus schmückt, auf purer Fantasie basiert? Die Transit-Visa im allgemeinen, die Transit-Briefe im besonderen hat es im damaligen Französisch-Marokko nie gegeben. Dies ist der Einfall von Murray Burnett und Joan Alison gewesen. Kurios, daß sich niemals jemand daran gestoßen hat. Schließlich ist während der Drehzeit ein Militärberater vom Washingtoner Kriegsministerium dabei. Aber das ist Hollywood. Die kleinen Facts sind Nebensache. Die menschlichen Irrungen und Wirrungen, Verwicklungen und Motive – das allein zählt.

Und das allein läßt auch einen Film wie »Casablanca« alle nachfolgenden Kinogenerationen hindurch überleben. Kein noch so seriöser Dokumentarfilm, strikt korrekt von vorn bis hinten, kann die tatsächliche Wirklichkeit derart packend transportieren wie Hollywoods Realismus. Man denke nur an die »Holocaust«-TV-Serie. Trockene Facts stören, verwirren, machen gleichgültig. Human touch triumphiert …

Die Atmosphäre macht »Casablanca«.

Menschen, auf engstem Raum, in einem »Café Américain«, zusammengepfercht – im Ausnahmezustand des Eingeschlossenseins –, sind gezwungen, zu reagieren, Mut oder Feigheit, Größe oder Kleinmut zu beweisen. Schicksal & Konsequenz pur. Endstation Hoffnung an einem imaginären Fluchtpunkt.

Der Held eine gebrochene Figur, zwischen Verweigerung (»Ich halte für niemanden den Kopf hin!«) und Engagement, zwischen Zynismus und romantischer Bereitschaft. Dadurch wird Rick Blaine für uns alle identifizierbar.

Oder wie schreibt Michael Schwarze in der »FAZ«? – »Ein Film mithin, der, gemessen an den Gewohnheiten Hollywoods, unglaublich schlampig produziert worden war, den man einem Regisseur anvertraut hatte, der nur als pünktlich und routiniert galt, ein Werk ohne jede Ambition also. Das vielleicht ist das eigentliche Wunder an ›Casablanca‹, daß hier ohne jede Begünstigung ein erstrangiger Film entstanden ist ...«

Ein bißchen hart, aber wahr.

Aber gerade das sogenannte Schlampige strahlt Reiz aus. Die Trickaufnahmen mit den landenden und startenden Propellermaschinen von und nach Lissabon erinnern an die unfreiwillige Gemütlichkeit, die lumpige Vorstadtinszenierungen draufhaben, wo man sich an wackelnden oder gar umstürzenden Kulissen ergötzt. »Casablancas« Flugzeuge ähneln überdimensionalen Brathühnern, die sich schwermütig ein letztes Mal in die Luft erheben.

Die ganze Story im Kern ist ganz schön gequält.

Der karg schnoddrige Rick Blaine würde sie etwa so nacherzählen: »Ich war mal verliebt, die Frau hieß Ilsa, mit zehn Jahren sind ihr die Zähne gerichtet worden, mehr habe ich nicht von ihr rausgekriegt, okay, sie ist Norwegerin. Das war 'ne Zeit mit ihr in Paris! Champagner, ein offenes Kabriolett, dann kamen die Nazis, und ich wollte mit ihr weg. Am Bahnhof hat sie mich versetzt, dammich! Nur 'n Brief, und geregnet hat das! Scheiße, von da an habe ich mich nur noch um meinen Kram gekümmert, Business, mein Business, und meine Kaschemme in Casablanca lief gut, hin und wieder mal Yvonne. Und plötzlich taucht Ilsa wieder auf, mit 'nem Freiheitskämpfer an der Hand, und alles geht wieder von vorne los. Sam hat mich gleich gewarnt. Diese Frau bringt dir Unglück, hat er gesagt. Auf einmal erklärt sie mir, daß sie mit Victor verheiratet ist, damals in Paris dachte sie, er wäre tot, gerade als sie mit mir abhauen wollte, erfuhr sie, daß er lebt. Und jetzt soll ich den beiden helfen, nach Lissabon durchzukommen. Verflixte Weiber! Und dann rückt sie noch damit raus, daß sie wirklich nur mich liebt, daß sie mich nicht ein zweites Mal verlassen könnte. Tja, wenn ich nur an mich denken würde, dann wäre das ganz einfach, ich verkauf' den Schuppen, und mit den Transit-Briefen von Ugarte hau' ich mit Ilsa ab. Ist nicht fair. Als Amerikaner kann ich doch nicht so'n mieser Schuft sein. Da gibt's nur eines, Victor hat einen großartigen Kampf zu kämpfen, der braucht Beistand, das ist heutzutage wichtiger als mein persönliches Glück. Wir sind im Krieg, da muß man Opfer bringen. Also, alles klar – Victor und Ilsa kriegen die Papiere und nichts wie weg. Und wenn dieser Major Strasser dazwischenfunkt, wird geballert. Victor und Ilsa, diese beiden sind das Gebot der Stunde. Die werden die Nazis schon fertig machen. Was aus mir wird, ist unwichtig …«

»Casablanca« im Telegrammstil.

Die Großaufnahmen und die Dialoge sind die Diamanten der »Hal B. Wallis Production«.

Die Texte sind kurz, knapp und einprägsam wie Werbeslogans. Comichafte Refrains, die nicht viel erklären, sondern lediglich der Fantasie des Zuschauers auf die Sprünge helfen. Sätze zum Auswendiglernen.

Im Burnett/Alison-Original seufzt Rick Blaine, als er plötzlich mit Ilsa Lund konfrontiert wird: »Of all the cafés in all the towns in the world, she walks into my café.« Humphrey Bogart, der Kneipenexperte totalst, veredelt diesen Satz mit einer deftigeren Slangvokabel. So: »Of all the gin joints in all the towns in the world, she walks into mine.«

Der vielleicht berühmteste Herz-an-Herz-Slogan »Here's looking to you, kid« entstammt dem originalen »Here's good luck to you«. Auch für diese Verfeinerung – die man praktisch nicht übersetzen kann mit »Ich seh' dir in die Augen, Kleines« – ist Bogie verantwortlich.

Übrigens – in der legendären Pianoszene mit Sam und Bergman fällt nicht der Satz, mit dem sich Woody Allen an den Glanz der Unsterblichkeit ranhängen wollte – »Play it again, Sam« kommt nicht in »Casablanca« vor.

Wahre Musterstücke an Trivialität hat Ingrid Bergman aufzutischen. In Paris, während die deutschen Truppen näherkommen, fragt sie ihren Rick: »War das Artilleriefeuer, oder klopft mein Herz so laut?« Und gleich darauf stöhnt sie: »Küß mich. Küß mich, als wäre es das letzte Mal!«

Zurück ins Warner-Studio, zurück auf die Soundstages 9 und 21, wo die »Rick's«-Kulissen leis vibrieren.

Pünktlich auf die Minute kommt Michael Curtiz mit dem Drehen voran.

Ein Problem wächst von Tag zu Tag.

Wie soll das Ende aussehen? Wer kriegt wen wohin?

Im Theateroriginal bleibt Rick Blaine edel zurück und wird von seinen Häschern verhaftet.

Kein Hollywood-Ende.

Es ist klar, daß Ilsa und Victor, das Hohelied des Idealismus stumm auf den Lippen, nach Lissabon abheben werden. Es ist klar, daß noch etwas Dramatisches auf dem Airport passieren muß, als würde noch jede Sekunde die Flucht in die Freiheit vereitelt. Es ist klar, daß Ricks böser Widersacher, der Gestapomajor, auftauchen sollte.

Michael Curtiz reicht Humphrey Bogart die druckfrische Drehbuchseite.

»Wenn Conrad (der Strasser-Darsteller) ans Telefon eilt«, erklärt der Regisseur, »schießt du diesem Schwein in den Rücken.«

»Eine Sekunde, Mike«, unterbricht ihn Bogie. »Laß uns kurz darüber reden. Ich weiß nicht, ob Rick so ein Typ ist, der das tun würde. Er ist kein Mörder. Das wäre ganz schön kaltblütig.«

»Was schert dich das? Du kannst ihn doch nicht das Flugzeug stoppen lassen. Er Schuft. Nazi!«

»Yeah«, sagt Humphrey Bogart. »Aber ihn in den Rücken ballern, würde mich wieder zum Schuft machen. Warum kann er nicht seinen Revolver ziehen, und dann wär's für mich Notwehr. Es käme aufs gleiche heraus.«

»Klingt logisch, Mike«, mischt sich Conrad Veidt ein. »Außerdem würde es auch meiner Rolle gut zu Gesicht stehen – noch im letzten Moment mit der Waffe den Fluchtversuch zu vereiteln ...«

Es wird von der Hand in den Mund gefilmt. Denn als diese Szene im Kasten ist, tauchen die Epstein-Zwillinge mit dem Happy-End auf, aufgeregt mit der Drehbuchseite durch die Studioluft fuchtelnd.

»Wir haben's!« rufen Julius und Philip Epstein im Chor.

Während der Autofahrt über die Cahuenga-Schnellstraße nach Hollywood rein, kurz vor dem Coldwater Canyon, haben sie sich plötzlich angeschaut und beide aus einem Mund laut gesagt, was Louis Renault am Anfang des Films mal kommandierte: »Verhaften Sie die üblichen Verdächtigen!«

Das Finale.

Howard Koch hat sein Ending geschrieben. Jetzt haben auch die Epsteins ihr Ending. Es ist ausgemacht, daß beide Versionen durchgedreht werden, damit man sich hinterher in aller Ruhe entscheiden kann, was das beste »The End« darstellt.

Der Epstein-Einfall reißt Michael Curtiz vom Hocker: Strasser liegt tot am Boden. Ein Trupp Gendarme hastet heran. Renault befiehlt: »Verhaften Sie die üblichen Verdächtigen!« Der Trupp verschwindet diensteifrig. Renault wendet sich freundschaftlich Rick Blaine zu. Wie Blaine viele Szenen zuvor geläutert wurde, ist plötzlich auch der Vichy-Opportunist Renault geläutert.

»Stop«, murrt Michael Curtiz, der Tempomann. »Das geht selbst mir zu schnell!«

Er schneidet eine Szene dazwischen, die Renaults Sinneswandel blitzartig glaubwürdig macht. Louis schüttet sich »Vichy Water« ins Glas, hält jäh die Flasche mit dem »Vichy-Wasser«-Etikett hoch, macht ein verächtliches Gesicht und schleudert angewidert die Flasche in den Papierkorb. Vorbei mit Vichy. Es lebe die Demokratie. Er ist auf Ricks Seite.

Das Happy-End: eine Männerfreundschaft.

Rick Blaine wörtlich: »Louis, ich glaube, das ist der Beginn einer wunderbaren Freundschaft ...«

Und sie gehen beide in den Nebel hinaus. The End.

Als das gedreht ist, verzichten Hal B. Wallis und Michael Curtiz darauf, noch Howard Kochs Version zu filmen. Sie wissen: das ist es.

Ein sphinxartiges Ende?

Viel wurde gemunkelt über die latente Homosexualität, die im letzten Atemzug von »Casablanca« plötzlich hochkommt. In vielen Szenen davor himmelt Louis Renault geradezu hingebungsvoll seinen Freund Rick an, in dessen Casino er, laut Hausgesetz, niemals verlieren darf. Nach Strassers Erschießung, nach der geglückten Flucht des Widerstandsehepaares sorgt sich Louis um Ricks Sicherheit. In Brazzaville wird er ihn unterbringen, und er wird ihn dahin begleiten, die verlorene Geldwette wird er Rick in Form von Spesen auslösen.

Eine Männerfreundschaft. Man hört es lautstark trapsen, daß Louis und Rick durch den Nebel schreiten – in die nächste Kneipe und gemütlich einen kippen. Mit Frauen hat man doch eigentlich nur Ärger. Besonders mit der einen, die einen ewiglich liebt. Die charmanteste Art, eine liebende Frau loszuwerden, hat Rick Blaine an den Tag gelegt. Getarnt als gute Tat, als ein staatsbürgerliches Opfer hat er sie ihrem platonisch-idealistischen Victor zugeschanzt. Up, up and away.

174

Curtiz ist nicht nur ein melodramatischer, sondern auch ein ironischer Regisseur. Mit einer Flasche ›Vichy‹-Wasser schlägt man nicht zu . . .

Sind Rick und Louis schwul?

Höchstens so latent wie alle Menschen schwul sind.

Nein, nein, hier setzt etwas viel Tiefergehendes ein. Hollywoods Propagandaauftrag im Jahre 1942.

Wie heißt Casa blanca auf amerikanisch? White House. The White House. Das weiße Haus. Wer in den Krieg zieht, muß der Liebenden entsagen, sein erotisches Kleinstparadies vergessen, opfern – und zwar fürs Vaterland, für die Freiheit, für den Sieg über den Faschismus. Die liebende Frau läßt man im Idealismus zurück, ein Mann ist erst ein richtiger Mann im Verzichtenkönnen. Er hat seine Pflicht zu erkennen, er hat sich ihr unterzuordnen.

Die Pflicht von 1942 ist die Front. Der Krieg draußen. Und draußen im Felde braucht man zum Überleben die Kameradschaft, die über alles geht.

Die Männerfreundschaft ist das Gebot der dunklen Stunde.

»Casablanca« ist in letzter Konsequenz kein Liebesfilm, kein Melodram im Milieu der Heimatvertriebenen. »C« ist ein Män-

Der Beginn einer wunderbaren Freundschaft?

nerkameradschaftsabend, als dem Planeten Erde die tragisch-dramatische Stunde schlägt.

Ilsa Lund fordert Rick Blaine auf, daß er für sie beide das Denken übernehmen solle, ja, für sie drei – nur ein Mann weiß 1942, was sein muß.

Der Krieg muß sein.

»Louis, ich glaube, das ist der Beginn einer wunderbaren Freundschaft ...«

Ein Happy-End?

Der symbolische Nebel des Airports von Casablanca, in den der geläuterte Opportunist und der geläuterte Nachtclubbesitzer hineinschreiten, türmt sich jedenfalls auch heute noch über dem Erdboden.

Aber das eine ist anders geworden, die Rolle der Frau, und das andere schlimmer geworden, der militärische Overkill. Kultfilme aus vergangenen Zeiten können leicht kleine Fluchten sein.

Auch »Casablanca« hat da viel zu bieten.

IX.
Après-»C«

Nach fünfzig Tagen ist alles vorbei.

Ingrid Bergman, die gar nicht weiß, wie denn nun wirklich der Film ausgehen wird, nach ihrem letzten Take mit Paul Henreid ist für sie »Casablanca« erledigt, strebt herrlicheren Dreharbeiten zu. Mit »Wem die Stunde schlägt« hat es doch geklappt. Sie geht zum Friseur, läßt sich die Haare stummelkurz schneiden, und rusht zu den Dreharbeiten, die längst begonnen haben und von denen sie sich etwas mehr erhofft als von dem eigentümlichen Bogart-Film. (Mit dem Oscar wird's nichts.)

Humphrey Bogart spannt einige Tage aus, um sich von seiner Mayo wieder mit Sodaflaschen bewerfen zu lassen. Sein nächster Film ist auch ein Hemingway – »Haben und Nichthaben«. Seine Partnerin wird ein noch viel blutjüngeres weibliches Wesen sein als die Bergie. Lauren Bacall. Sie wird ihn ruckzuck aus seinem himmelsblauen Ehejoch heben, vielleicht sind ihm auch durch die »Casablanca«-Story die Augen geöffnet worden, für die wahre Liebe und Leidenschaft. Denn nach all seinen ehelichen Strafen folgt mit Lauren die Begnadigung. Er wird Kinder haben und unbeschwert glücklich sein dürfen bis zu seinem Tod. 14. Januar 1957.

Die Arbeit bleibt in den Warner-Bros.-Studios zurück.

Owen Marks stellt von den Filmkilometern eine Rohfassung her. Für den Filmkomponisten Max Steiner, der auch »Vom Winde verweht« in musikalische Sphären gehoben hat.

Der Max macht eine schreckliche Entdeckung. Die Grundmusik ist »As Time Goes By«. Ein dünnes, lasches, unbedeutendes Schlagerchen. Findet der kultivierte Max Steiner.

Er schlägt Alarm. Er klagt Hal B. Wallis und Michael Curtiz sein Leid. Alle Szenen, in denen »As Time Goes By« vorkommen, müssen sofort neu und nachgedreht werden!

Der Chefproduzent und der Eiskaltduscher zucken die Achseln. Ohne zu überlegen, hatten sie den Song übernommen, der Murray Burnett aus seinen fernen Collegetagen so sehr am Herzen lag.

Bogie mit seiner letzten Ehefrau Lauren Bacall.

»Zu spät«, sagt Hal B. Wallis, der rundlich untersetzte zweite
Mann im Warner-Imperium.

Für alle Gagen aller Hollywoodzeiten – Ingrid Bergman ist
nicht mehr zurückzuholen. Keine vertragliche Möglichkeit. Sie

Ingrid Bergman in ›For Whom the Bell Tolls‹ – ›Wem die Stunde schlägt‹ von Sam Wood (1943).

dreht mit Gary Cooper, und ihre Haare hat sie auch nicht mehr.

Knurrend muß sich Max Steiner mit dem billigen Liedchen abfinden.

Dem Gott des Zelluloid sei Dank. »As Time Goes By« wird

durch »Casablanca« zum meistgeliebten Evergreen, zum meist-
produzierten Song, den sich selbst Deutschlands Udo Linden-
berg unter den Nagel reißen wird ...

Für den endgültigen Schnitt auf 102 Minuten möchte sich Hal
B. Wallis Zeit lassen.

Denn er ist ein alter Fuchs. Von Anfang an hat er gewußt, daß
der Titel »Casablanca« einmal hochbrisant aktuell, ja, zum Zei-
tereignis werden wird. Seine Militärberater halten ihn auf dem
Laufenden, wenn die Kämpfe in Europa gut vorangehen, ist
eine Konferenz geplant. In Casablanca. Mit Winston Churchill,
Franklin Roosevelt und Josef Stalin. Wenn alles gut läuft, und
die Alliierten in Nordafrika gelandet sein werden und ihren ersten Sieg gegen Deutschland-über-alles zu vermelden haben.

Er war lange genug Chef der Presseabteilung im Warner-
Konzern. Ein gelungener Film ist okay. Aber ein gelungener
Film braucht den öffentlichen Zeitgeist, dann ist er erst super.
Hal B. Wallis pokert mit der Historie.

Er gewinnt früher als erhofft.

Bereits im November 1942 powern die amerikanischen und
britischen Truppenverbände unter der Regie von General
Dwight D. Eisenhower in Französisch-Marokko hinein, ebenfalls bei Oran und in Algier. Sie stoßen lediglich in Casablanca
auf massiven französischen Widerstand, der jedoch im Keim er-
stickt, als der französische Oberbefehlshaber Admiral Darlan
am 11. November zu den Alliierten übergeht – jawohl, genauso,
wie es Louis Renault, der Vichy-Polizeipräfekt, in »Casablanca« vorexerziert ...

Drei Tage währen die erbitterten Straßenkämpfe, bis Casablanca genommen ist. Der erste bedeutsame Triumph gegen
Adolf Hitler seit Kriegsbeginn im September 1939!

Das ist der Coup, auf den Hal B. Wallis gewartet hat.

Der Name Casablanca ist ein Meilenstein in der Geschichte.
Symbol der Hoffnung.

Hal B. Wallis und Michael Curtiz, die Workaholics vom Warner Boulevard, sind wieder in ihrem Element. In Rekordzeit
schneiden sie mit Owen Marks ihren Film zusammen, der aktueller als die Zeitung von übermorgen ist.

Warner Brothers Pictures veröffentlichen bereits Mitte November eine imposante Presseinformation:

»Warner Brothers Studio hat auf schnellstem Wege eine Kopie von ›Casablanca‹ nach New York geschickt, die unverzüglich an die amerikanischen Streitkräfte weitergeleitet wird, damit die G.I.s die Stadt und die Situation sehen können, die den Humphrey-Bogart-Ingrid-Bergman-Paul-Henreid-Film inspiriert haben.

Die Hal B. Wallis Production, unter der Regie von Michael Curtiz, geht Hand in Hand mit dem augenblicklichen Ablauf der Geschichte – aus einem Studio kommend, das für die Zeitlosigkeit seiner Filme berühmt ist. Die unverzügliche Entsendung des Films nach Casablanca wird den Soldaten dort erstmalig vorführen, was für eine Story sie auf der Leinwand erleben …«

Das Klappern gehört zum Hollywood-Handwerk. Natürlich hat »Casablanca« rein gar nichts mit den amerikanischen G.I.s zu tun, die jetzt in Marokko stationiert sind.

Aber die Schlagzeile ist geboren. Der Gimmick in aller, aller, aller Munde.

Kein Film der Filmgeschichte detoniert derart auf den Punkt.

Ein Kolumnist empfiehlt dem Kriegsministerium, auch die nächsten Invasionen vorher mit Warner Bros. abzusprechen und zu koordinieren.

Die erste Premiere findet für die Americans abroad im fernen Marokko statt. »Casablanca« in Casablanca.

Die Weltpremiere findet im Warner-hauseigenen Hollywood Theatre in Manhattan statt. 26. November 1942. Ein Hit aus dem Stand. Zehn Wochen lang sind die 1500 Sitze ausverkauft. Einnahmen: 225 000 Dollar.

Im Februar 1943 kommt das Zeitgeist-Epos auf den nationalen Markt. Einnahmen bis zum Jahresende: 3 Millionen 700 000 Dollar! Und bei ähnlichen Zeilen wird es bis auf den heutigen Tag bleiben.

Hal B. Wallis darf mit seiner privat-persönlichen Extrawurst unter der »W. B.«-Flagge zufrieden sein.

Endlich kann er die Bemerkung eines Kritikers verwinden, der ihm nach einer inoffiziellen Vorführung in Huntington Beach den gutgemeinten Rat gegeben hatte, ja den Titel »Casa blanca« zu ändern – er würde zu sehr an die populäre Biermarke »Carta Blanca« erinnern …

Merke: Höre niemals auf die Ratschläge kluger Filmkritiker!

Der Triumphzug des verfilmten Theaterstücks »Everybody Comes to Rick's« beginnt.

Es prasselt drei Oscars in Grauman's Chinese Theater in der ersten öffentlichen Oscar-Verleihung aller Zeiten. Für das beste Drehbuch – Julius und Philip Epstein und Howard Koch.

Für die beste Regie – Michael Curtiz, der Kaltwasserasket.

Und er hält in der Sprache, die er für amerikanisch hält, eine rührende kurze Dankesrede.

»So viele Zeiten habe ich immer eine Rede vorbereitet ... Aber nicht heute. Immer war ich Brautjungfer, niemals eine Mutter. Nun gewinne ich ... Ich habe kein Rede!«

Er wollte Braut sagen, er sagte jedoch Mutter – mit dieser Pointe erntet er den größten Lachorkan des festlichen Abends. Good ol' Mike.

Der dritte Oscar landet in den Händen aller, die »Casablanca« zur Welt gebracht haben, bis hin zum letzten Kabelträger. »C« – der beste Film des Jahres!

Einer der Hauptdarsteller kann den Oscar-Jubel nicht mitfeiern. Er, der die größte Gage bekam, stirbt kurz davor: Conrad Veidt, der Gestapomajor Heinrich Strasser, im Alter von 53 Jahren beim Golfspielen, seinem Lieblingssport.

Einer der Crew kann am wenigsten aus seinem »Casablanca«-Ruhm machen. Dooley Wilsons »As Time Goes By« erscheint nicht auf Schallplatte, weil »W. B.« keine Musikgesellschaft hat. James Petrillo, der Zar der unerbittlichen »American Federation of Musicians«, verbietet Dooley Wilson, seinen Song für eine andere Firma neu zu singen. Warum? Weil Dooley Wilson ein Schwarzer ist.

Er ist der einzige, der keine nennenswerte Filmrolle mehr bekommen wird.

Vieles wird es nicht geben. Keine Aufführung am Broadway. Keine Musical-Version, wie es Alan J. Lerner und Frederick Loewe (die Schöpfer von »My Fair Lady«, »Gigi«, »Ein Amerikaner in Paris«) in den frühen Fünfzigern versucht haben.

Und auch keine Fortsetzung, die zeigen würde, was Rick mit seinem Louis in Brazzaville erlebt ...

Auch werden Murray Burnett und Joan Alison sich nicht noch einmal gemeinsam an die Schreibmaschine setzen im exklusiven Femme-fatale-Appartement hoch über Manhattan und Murray seine Ferien von der Commercial High mit einem Play vertun, das den Broadway erobern soll.

Vielleicht ist doch auf einmal Mrs. Burnett der schriftstellerische Seitensprung ihres Murrays auf den Hut gegangen?

Denn wie lautet die Moral von »Casablanca«? Allein die Entsagung macht die wahre, große, unsterbliche Liebe.

Die wirklich Liebenden kommen nie zusammen.

Und so ist auch Murray Burnett von Joan gegangen, hat ihr ein letztes Mal »Ich seh' dir in die Augen, Kleines« zugehaucht – wie Bogie seiner Bergie in der Waschküche des Airports ...

»Casablanca« ist ein Geschenk für dich, für mich. Von Murray und Joan in der Leidenschaft der Kreativität. Von Hal B. Wallis, Michael Curtiz, Humphrey Bogart und all den anderen Workaholics und Alkoholics von Hollywood.

Hinterher, wenn alle Träume wahrgeworden sind, glänzt die Legende.

An die dollste Legende hat selbst Ingrid Bergman noch 1974 geglaubt.

»An eine Sache erinnere ich mich, das war wirklich sehr clever«, bekannte sie im Interview mit Richard J. Anobile. »Die Sache mit dem Flughafen. Damit der Airport ungewöhnlich lang und groß wirken sollte, hat man im Hintergrund Zwerge aufgestellt, damit die Leute winzig klein aussahen. Das war eine raffinierte Idee ...«

Zwerge als Komparsen – damit der Studioflughafen »vergrößert« wurde?

Es ist dem New Yorker Journalisten Richard J. Anobile zu verdanken, daß Ingrid Bergman von diesem Märchen geheilt wurde. Natürlich war der Airport mit der landenden Maschine eine Trickfilmminiatur.

Ob ihr diese Liliputanerstory good ol' Bogie eingeimpft hat?

Oder Peter Lorre?

Oder alle beide?

Register

92 ff., *95,* 96 ff., 100, *101,*
102 f., 105, 114, 117, 126,
130 f., *137,* 163 f., 166 ff., 172,
174, 180 ff.

187

Heyne Taschenbücher zu Film und Fernsehen

HEYNE
FILMBIBLIOTHEK

Unvergeßliche
Stars
Große Filme
Geniale
Regisseure

32/59 - DM 9,80

32/57 - DM 8,80

32/50 - DM 9,80

32/54 - DM 9,80

32/1 - DM 5,80

32/24 - DM 7,80

32/58 - DM 9,80

32/53 - DM 7,80

HEYNE
ALLGEMEINE REIHE

Große Autoren
Unterhaltung
Spannung
Zeitgeschichte
Heitere Romane
Tatsachen-
berichte

01/11 - DM 6,80

01/6228 - DM 9,80

01/6332 - DM 6,80

01/6174 - DM 4,80

01/6308 - DM 7,80

01/6294 - DM 6,80

01/5738 - DM 9,80

01/6291 - DM 7,80